Fractales en la Arena

por Fatima GalBos

A Dulce y Angélica,
Los dos luceros que brillan
para iluminar mi camino.

I. El Aviso

Tocó, sin cesar, a la puerta de su consciencia. Irene se había acostumbrado, de alguna forma, a la familiaridad de aquel clamor, si bien contradicha por la constancia con que hacía estremecer el núcleo mismo de su ser. Era insufrible cuando se mantenía repetitivo y demandante, pero angustiante cuando callaba por largo tiempo; un silencio ensombrecido por la promesa del ineludible regreso, que invariablemente la sobresaltaría una vez más.

Por años, había tratado de justificar la impotencia, el dolor y el desconsuelo que aquel inquietante llamado hacía surgir en ella. Solía atribuirle un sentido; un propósito que calmara su incertidumbre. Aunque huidizo, aquel supuesto significado la hacía vivir momentos de aparente calma; era como inyectarse una dulce droga que confundía los sentidos. Pero una vez atenuados sus efectos, la realidad volvía, siempre punzante. Y el clamor regresaba.

Era el recordatorio de todo lo que alguna vez laceró su corazón, dejándole una hemorragia insuficiente para ser mortífera, pero del tamaño exacto para jamás cicatrizar por completo. La herida le había dejado la carne expuesta para siempre, y los sentidos incurablemente crispados, como si alguna fuerza supra terrena condenara su alma a una vigilia eterna y lastimera.

Pero Irene se repetía a sí misma que, sin importar la forma del llamado, no podía culpar a fuerzas supremas de lo que atormentaba su interior. Aunque, en el fondo, la única constante era su vacilación ante esta misma postura. Encontraba confuso que, a veces, el fantasma del llamado se presentara con la careta de otras personas. En la violencia de las tormentas. Con el devenir de las estaciones.

Entonces, caía en la tentación de pensar que aquellos eventos eran la voluntad de un ser omnipotente, por mucho que su escepticismo le insistiera que se trataba meramente de espejos en cuya superficie se veía reflejada la putrefacción de una sangre jamás drenada.

Pero ese día, después de años de ilusoria quietud, aquel clamor insonoro volvió a perturbar las aguas de su mente. Miró las sábanas de su cama provisional, a través del velo de sus propias lágrimas. Sus largos y despeinados rizos cayeron sobre su rostro al tiempo que agachaba la cabeza ante el peso de una derrota que solo ella conocía.

Se quiso explicar a mí misma la naturaleza del sentimiento que la invadía, o cuando menos, ubicar su origen, pero su propia confusión le resultó nauseabunda. Tan solo tenía una certeza. No habían sido la alarma matutina ni el cantar de los pájaros responsables de regresarla del letargo, sino un pensamiento contundente, uno que su mente había logrado formular en una simple frase: *Antar está aquí.*

La escuchó dentro de su mente, de su cuerpo entero; como susurrada por su propia alma. Aquel susurro logró amplificarse rápidamente como las ondas producidas por el impacto de una roca sobre la superficie de un sereno lago. Su cuerpo había dado tan tremenda sacudida que Irene despertó de súbito.

Terminó incorporada sobre la cama a causa del sobresalto mismo; el eco de aquel pensamiento impactándose contra las paredes interiores de su cabeza, replicándose sin cesar: *Antar está aquí. Antar está aquí.* La conmoción inicial causada por aquella afirmación fue pronto reemplazada con pánico ante su posible veracidad.

Mil voces internas se levantaron en protesta. *¡Imposible!,* clamaron al unísono. Irene les dio la razón;

se hallaba en el seno de la selva, custodiada al oeste por espesos manglares, y al este por un inmenso mar. La presencia de Antar no podía ser más que una ilusión –si acaso, un secreto anhelo o un temor irracional.

Mas el maremoto del recuerdo, implacable como siempre, le arrebató la razón e invocó nuevas lágrimas. Porque sabía que el llamado, aquel presentimiento espontáneo que se había manifestado en intervalos a lo largo de los años, jamás fallaba.

Si su infalibilidad era probada bajo semejantes circunstancias solamente podía significar dos cosas: que uno de sus deseos más indómitos sería saciado, o que uno de sus miedos más profundos sería confirmado. Un sonido inesperado interrumpió su silencioso llanto. Tocaban a la puerta. Esta vez, el llamado era real.

Irene miró el reloj. Eran las cuatro de la tarde. Había dormido mucho más de lo usual. Normalmente, necesitaba alrededor de cinco o cuatro horas de sueño; algo menos que Kwame, quien pudiera ser responsable del golpeteo en la puerta. Mientras se limpiaba las lágrimas con el dorso de sus manos, la joven se preguntó si hubiese surgido algún imprevisto, pero la apacibilidad de su estancia hasta el momento la disuadió de tal suposición.

Su entendimiento de los conceptos de día y normalidad había cambiado a ultranza desde su llegada al pueblo de Tortuguero, en Costa Rica. Irene nunca había sopesado la noción de un lugar como fin del mundo, hasta que conoció aquel pueblo selvático. Accesible únicamente por medio de bote o avión, Tortuguero era un paraíso indómito, atemporal a un párvulo siglo marcado por su implacable avance tecnológico, que transformaba y edificaba con la misma fuerza con que destruía.

De las ramas de los innumerables árboles, que se entretejían hasta formar una verde e inescrutable espesura, se mecía una variedad de monos de entre los que destacaba el mono congo, cuyos aullidos estremecían la otrora serenidad de la selva. Sus bifurcaciones eran tanto hogares como vías para infinidad de ofidios que ondulaban a lo largo de su superficie húmeda y terregosa, dibujando espirales invisibles. Sus troncos y raíces enramadas configuraban escaleras inagotables para los basiliscos y demás reptiles escurridizos que poblaban los gajos de tierra rodeada de agua.

Bajo la oscura superficie de los canales que serpenteaban abriéndose paso por la arcillosa tierra de los esteros, navegaban los caimanes, custodios de una ancestralidad inconcebible. De entre el verdor de las plantas se asomaban los ojos saltarines de las más hermosas, pero también mortíferas, ranas. Y por encima de la exigua humanidad, cientos de aves proclamaban su dominio sobre los cielos.

Eran los pocos e indiscutibles signos de la existencia humana los que aferraban a Irene a la noción de normalidad. Más que eso: al sentido mismo de corporeidad, que aquel paraíso virgen manifestaba de manera tan vívida que podría haberla convencido de lo contrario. De no ser por los botes, por la música que emanaba de los aparatos electrónicos, por el aroma a comida que flotaba a lo largo de las calles, por las coloridas casas que conformaban el pequeño poblado, y por las personas que las habitaban, Irene podría haberse engañado a sí misma hasta creer que había viajado a una dimensión alternativa. A un edén etéreo, o a un pasado antediluviano. A un elíseo de sensualidades, o a un inframundo de peligros primigenios.

No ayudaba que, más allá de la estrecha franja de tierra que era el pueblo, se extendiera una prístina playa, golpeada por las infatigables olas de un mar que se prolongaba a lo que bien pudiera ser el infinito a los ojos de la inocencia. Y por si la exuberancia de semejante paraje fuese insuficiente para enloquecer a quien está habituado a la esterilidad de las urbes, Irene había cambiado las jornadas de luz solar por crepúsculos y noches bañadas de Luna.

Cada tres días, debía reservar sus mañanas y mediodías para el descanso. Al atardecer, se incorporaba de la cama y ocupaba las últimas horas de luz solar en preparase para una larga caminata nocturna que se prolongaría hasta la alborada. Cada tres noches, debía recorrer extensos tramos de playa; cada paso hundiéndose en la blanda arena, cada ola de mar una promesa incierta.

Hasta que su paciencia se veía recompensada con el avistamiento de lo que años de insensibilidad humana habían orillado a convertirse en un milagro sobre la Tierra: la espuma develaba su contorno perfilado por la luz de la Luna, y su relieve se alzaba por sobre la superficie arenosa. Majestuosa, una tortuga baula abandonaba la ingravidez marina para depositar su linaje nonato en la menguante seguridad de la playa.

Irene debía proteger el antiguo ritual de los peligros que acechaban; principalmente, de aquellas amenazas que representaban sus semejantes. Millones de años de existencia se hallaban en riesgo a causa del suspiro que era la existencia humana sobre la Tierra. Pero cada nueva llegada a la playa, y cada prodigioso desove encendía una chispa de esperanza en el corazón de Irene.

- ¡Un momento, por favor! – exclamó la joven, al tiempo que se echaba encima una sudadera con la que pretendía esconder su pecho libre de sostén.

El bochorno de aquel bosque tropical hizo que se arrepintiera inmediatamente de cubrirse con una capa adicional de ropa. Mientras se dirigía a la puerta, fantaseó con la ducha que se daría en cuanto tuviera la oportunidad.

- *My Ace Girl!*[1] ¿Está todo bien?

Tal como Irene había sospechado, la radiante sonrisa de Kwame la esperaba al otro lado de la puerta, acompañada por un par de ojos que dejaban entrever un pizca de preocupación.

- Sí, sí, estoy bien. – respondió, esbozando una sonrisa con la esperanza de darle credibilidad a sus palabras, tanto para Kwame como para ella misma. – Solo me quedé dormida más de la cuenta...

- Perdón por despertarte, pero tenemos que ir al Centro de Visitantes.

Irene mantuvo silencio durante un latido de su corazón.

---

[1] *Ace boy* o *Ace girl* es una frase coloquial bermudeña utilizada para referirse a un amigo muy cercano o querido, especialmente en su forma posesiva: *my ace boy, my ace girl.*

- ¿Pasó algo? – preguntó, finalmente.

- *Cool-cool*[2], no pasó nada malo. Pero Mariam dice que llegó un invitado de la STC[3], y que nos va a acompañar esta noche. Tenemos que ir para que nos de más detalles.

El corazón de Irene reaccionó a las palabras de Kwame bombeando sangre de forma violenta hasta sus oídos, antes de que ella pudiera formular réplica alguna. Con cada palpitar, parecía decirle, *Antar está aquí. Antar está aquí.*

- Ya veo...¿El invitado está ahí, en el Centro de Visitantes?

- No, está en su *lodge*[4].

- ¿No se va a hospedar en la estación?

- Al parecer, no...

Irene inspiró una gran bocanada de aire; al hacerlo, sintió como si fuera la primera vez que respiraba desde que había abierto la puerta. El aliento la abandonó enseguida, en una larga exhalación. No sabía si se sentía aliviada o decepcionada al saber que el misterioso visitante no estaría compartiendo cuarteles con ellos.

- Está bien. ¿Puedo darme una ducha?

---

[2] Expresión bermudeña para afirmar que se está bien o que las cosas están bien.
[3] Sea Turtle Conservancy.
[4] Hotel. En Tortuguero, la palabra *lodge* (hotel o alojamiento, en inglés) acompaña al nombre de diversos hoteles, y se usa de forma coloquial para referirse a los hoteles, cabañas y demás alojamientos en Tortuguero.

Kwame la miró, al parecer dubitativo.

- Quiero decirte que sí, *Ace Girl*, pero el invitado quiere que vayamos a comer con él en su *lodge*.

Irene tragó saliva, esperando que Kwame no se diera cuenta de los nervios que la invadían.

- ¿Quiere que comamos con él?
- *Yeah*. Esperé un tiempo a que despertaras, pero ya se nos hace tarde y, la verdad, ¡estoy hambriento!
- ¡Tú vives hambriento! – le espetó Irene, al tiempo que se le dibujaba una mueca en el rostro. – Espera a que me ponga decente y nos vamos.

En respuesta, Kwame le peló los ojos y señaló enérgica y repetidamente la carátula de su reloj con el dedo índice.

- ¡No tardo! – prometió Irene.

Agradeció a los cielos la presencia de Kwame; al menos, no estaría sola para enfrentar lo que la esperaba en el *lodge*. Dividida entre la incredulidad de su razón y la certeza de su alma, Irene cerró la puerta tras de sí, al tiempo que sus ojos abrían las compuertas de sus lagrimales para liberar nuevos torrentes salados.

II. La Estrella

La cabaña estaba bien equipada, era espaciosa y cómoda. Quizá, demasiado cómoda. Los ojos de Antar absorbieron lentamente cada uno de los detalles del mobiliario; sabía que si exponía su mirada lo suficiente al presente, encontraría a la inspiración agazapada en algún rincón, bajo alguna superficie, asomada por alguna mirilla.

De momento, lo único que le susurraba su consciencia era la certeza de que aquel lugar carecía de la pureza que anhelaba. Lo encasillaba en el papel de invasor, de extraño, de agresor del entorno; un turista cualquiera que se deleitaba en visitar lugares exóticos sin sacrificar su tan preciado confort.

El aullido de los monos, proveniente de algún lugar arriba, en lo alto de las copas de los árboles que envolvían la cabaña cual manto esmeralda, lo consolaba; era un recordatorio de lo lejos que se hallaba de casa. Su departamento rodeado de ventanales de vidrio en lo alto de una torre al poniente de la Ciudad de México estaba dichosamente fuera de su alcance.

Antar deslizó una mano a través de su larga cabellera. *No, no estoy huyendo*, contestó con el pensamiento a una pregunta jamás formulada. Entretenido con los largos mechones de cabello negro azabache que caían en cascadas sobre sus pómulos, oídos y cuello, se vio sobresaltado por el súbito deseo de haber empacado una liga o un lazo entre los básicos que conformaban su austero equipaje.

El calor era sobrecogedor. La primavera en la Ciudad de México se distinguía por ser sofocante; la sequedad en el ambiente volvía el fulgor del sol implacable, pero la sombra representaba un santuario inequívoco. Tortuguero era otra historia. Una fina capa de humedad cubría la piel en todo momento, y aunque la sombra proveía refugio del intenso resol, no hacía nada por aliviar el bochorno.

Antar echó un vistazo por la ventana de su cabaña de madera. La belleza que se extendía afuera era indiscutible. Debía sacar el máximo provecho de las horas que podía dedicar a la exploración y a la observación. El hombre dio un suspiro tirante, imperioso, y se recordó mentalmente que no estaba ahí para presionarse, sino todo lo contrario. La creencia irracional en una verdad oculta lo había guiado hasta aquella densa selva. Era cuestión de tiempo, y de paciencia, que le fuera revelada.

Suspiró nuevamente, está vez sin oponer resistencia a la sensación. No tenía un reloj a la mano, pero su noción del tiempo le decía que ya debía ser la hora pactada para la comida o estar muy cerca. Uno de sus más terribles hábitos era ir por la vida calculando el tiempo con nada más que su propio ciclo circadiano como instrumento.

Salió de la simpática cabaña y caminó por un estrecho sendero de cemento rodeado de profusa vegetación. Atravesó el amplio quiosco que le servía como referencia para orientarse, tomó un nuevo sendero y llegó hasta el comedor. Era un edificio alargado, de una sola planta y un techo a dos aguas. Su interior era luminoso; grandes ventanales de vidrio permitían el paso de la luz que, a su vez, reverberara sobre las paredes blancas.

La mesa del buffet se hallaba decorada con telas de colores vívidos. Espirales de vapor se alzaban desde los *chafers* metálicos, que revelaban coloridos guisados. Antar sintió sus entrañas removerse ante la provocación visual y olfativa de aquellos platillos. Pero su mente protestó en contra del inescapable confort.

Dejó vagar su mirada por el recinto. Cuestionó silenciosamente si había hecho bien en seguir el consejo de Uriel. Le había insistido tanto en que sus respuestas se hallaban en Tortuguero que nunca se detuvo a considerar si realmente fuera el lugar indicado para su búsqueda.

Sin atrapar la atención de su consciencia, su mirada se posó finalmente sobre el hombro desnudo de una mujer. Su piel morena se asomaba apenas por un costado de la playera que cubría su espalda. Los ojos de Antar descansaron con facilidad sobre aquel punto, como si se tratara de una visión familiar que había contemplado con anterioridad; tal vez, miles de veces.

De pronto, su mirada se desvió hacia un par de ojos grises que lo miraban con intensa curiosidad. Aparentemente, llevaba buen rato mirando el hombro de la mujer; lo suficiente para llamar la atención de su acompañante, quien ahora lo escudriñaba a él. Antar bajó la mirada instintivamente, pero reconoció de inmediato la imagen que descansaba sobre un costado de la playera del hombre: una tortuga con su caparazón en forma de espiral, acompañada de la leyenda, "Sea Turtle Conservancy". Debía ser uno de los investigadores que buscaba.

En un intento por sobreponerse a la incomodidad del momento, posó sus ojos nuevamente en el joven hombre y caminó con resolución hacia la mesa en la que se hallaba sentado. Una vez acortada cierta distancia, extendió su mano en el aire. El hombre aceptó el gesto y se incorporó de la silla, estrechando con firmeza la mano que le era ofrecida.

- Hola, buenas tardes. Antar Olivares, mucho gusto. – se introdujo a sí mismo, al tiempo que ajustaba la fuerza de su apretón para coincidir con la de su interlocutor.
- Kwame Philpott, el gusto es mío. – respondió el hombre.

Su gruesa voz develaba un acento a leguas caribeño, pero no necesariamente hispano. En definitiva, no era al acento costarricense que había escuchado hasta entonces. Kwame le dirigió una amplia y blanca sonrisa, que Antar intentó replicar hasta donde su habitual disposición taciturna le permitió.

Enseguida, los ojos de Kwame viajaron al otro lado de la mesa; Antar los siguió hasta que hallaron a la mujer que seguía sentada. Se quedó boquiabierto, incapaz de dar voz a lo que sus ojos y su razón le revelaron. Antar la conocía. Llevaba años sin verla, pero indudablemente era Irene quien yacía frente a él. Su mente luchó por descifrar la mirada penetrante de la joven, quien tampoco formuló frase alguna. No se veía enteramente sorprendida; aturdida podría ser una palabra más acertada. *¿Confundida? ¿Molesta? ¿Ansiosa?* Antar exploró decenas de posibles respuestas al acertijo.

- Irene... - enunció finalmente, en un tono que podría haber sido tanto una exclamación como una pregunta.

- Antar. – respondió ella, lanzándole una sonrisa que pretendía, sin éxito, disfrazar su evidente aprensión.

Las palabras los abandonaron una vez más, dejándolos inmóviles frente a frente. Los ojos avellanados de Irene eran un imán; sus iris cobrizos eran dos mundos cuya fuerza gravitacional atraía de manera inexorable los ojos de Antar, cual impotentes lunas. Recordaba bien el fenómeno. Siempre le había aterrado aquella sensación; la súbita certeza de que podía desvanecerse en esa mirada, incapaz y reacio a invocar la voluntad suficiente para escapar.

De pronto, los ojos de Irene lo abandonaron, rompiendo el hechizo en el que Antar se había dejado caer gustoso. Se posaron un instante en Kwame. Después, en algún lugar incierto del piso, y luego, una vez más en Antar; sus pestañas batiendo el aire como las alas de una mariposa. *Kwame seguía ahí*, se recordó Antar a sí mismo, incapaz de remover la vista de Irene. *Qué extraño debía resultarle aquel encuentro.* La idea de que podía ser algo más que un colaborador para Irene corrió atropelladamente por laberintos inconclusos dentro de su mente.

La joven, por su parte, se incorporó de su silla, a leguas incómoda con la situación. Por un momento, Antar pensó que lo abrazaría, pero se quedó estática frente a él. Nunca se habían abrazado. Miradas, breves y largas, era todo lo que habían compartido a través de los años. Si acaso, habían realizado el típico ritual de juntar sus mejillas lanzando un beso al aire, como era acostumbrado en México.

Movido por la tensión del momento, e irritado ante su propia indecisión, Antar optó por esta última alternativa. Se inclinó con rapidez casi automática hasta posar su mejilla en la de Irene, quien era de estatura considerablemente más baja que él. Su mano descansó sobre el hombro desnudo de la chica; la calidez del contacto lo tomó por sorpresa. Irene replicó el gesto sin dificultad alguna; al parecer, las convenciones sociales servían de maravilla en este tipo de situaciones.

-   ¿Ya se conocían? – las palabras de Kwame eran más una afirmación que una pregunta, pero su entonación estaba cargada de curiosidad.

Irene asintió con la cabeza. Kwame posó una mirada inquisitiva en su compañera.

- Sí, de la escuela preparatoria. Estábamos en el mismo grupo. – contestó.
- *Chingas!* – exclamó Kwame.
- ¿Perdón? – inquirió Antar, mientras las cejas se le iban al cielo.
- ¡No, no, no! – intervino Irene, antes de soltar una carcajada.

Para sorpresa de Antar, el rostro radiante y la risa cantarina de Irene le arrebataron un sonrisa.

- ¡Ay! No. Espera, déjame te explico. ¡Kwame, ya te había dicho lo que eso significa en México!

Los párpados de Antar se abrieron de par en par, revelando su asombro ante el giro que había tomado la conversación. Su expresión provocó en Irene una nueva oleada de risas que le sacudieron el cuerpo. Los ojos en blanco y la mueca sardónica de Kwame no hicieron más que intensificar el efecto. Al fin, la joven respiró profundamente, invocando, al parecer, toda su voluntad para continuar.

- ¡Lo siento, Antar! Es que, ¡hubieras visto tu rostro! – lanzó una última risilla antes de continuar. - Kwame es bermudeño. En Bermudas, mucha gente dice "chingas" para decir "wow!", o "¡qué bien!".[5]

- Ah, vaya, y yo que pensaba que estábamos entrando en confianza... - dijo Antar sonriente, posando su palma abierta con ligereza sobre la espalda de Kwame.

Éste respondió el gesto con una franca sonrisa.

- Amigos, me encantará seguir platicando, pero por ahora, ¿qué les parece si comemos? – propuso Kwame, señalando la mesa del buffet con la mirada.

Antar accedió de buena gana, al tiempo que Irene le dirigía a su compañero una mirada exasperada pero henchida de hilaridad. Cualquiera que fuera la relación entre ese par, Antar estaba seguro que se trataba de algo más que camaradería profesional.

Una vez de regreso a la mesa, Antar admiró su rebosante festín. Notó enseguida que, de entre los tres, era él quien tenía más platos servidos. Kwame no se quedaba muy atrás con su impresionante montaña de ternera, pero había omitido otros guisados a excepción de una modesta ración de puré de yuca. Irene, por su

---

[5] En México, *chingar* es sinónimo de *joder*. A pesar de que la expresión puede ser utilizada de manera coloquial y amigable en una oración entre personas cercanas, en diversos contextos puede resultar ofensiva.

parte, se había servido porciones pequeñas pero variadas de vegetales, legumbres, puré de yuca y frutas.

- ¿No te gusta la ternera? Está deliciosa. – inquirió Antar en dirección de Irene, al tiempo que saboreaba un jugosísimo pedazo de dicho manjar.

La mujer esbozó una sonrisa torcida, sin desviar la vista de su plato.

- Irene es vegetariana. No se le acerca ni al pescado. – afirmó Kwame con naturalidad, mientras masticaba un enorme trozo de ternera.

- Ah…¿Es verdad?

Antar se mordió el interior de una mejilla, en un intento por desviar su atención de lo irritante que encontraba el hecho de que Kwame supiera algo sobre Irene que él desconocía.

- Así es. – respondió la joven, dirigiéndole una tímida mirada; parecía sentirse cohibida al respecto.

Antar la escudriñó con la mirada, dubitativo, hasta que una revelación asaltó su consciencia.

- Tiene todo el sentido del mundo… - dijo Antar de pronto, pensando en voz alta. – Siempre defendías a quienes no tenían voz.

La expresión que le concedió Irene, entre dulce y sorprendida, le hizo sentir que el pecho se le henchía de un orgullo inexplicable.

- Algo así... - respondió ella. — Aunque, para ser sincera, no extraño la carne. El Gallo Pinto está muy bueno, ¿ya lo probaste? — preguntó en tono jubiloso, levantando un tenedor con arroz y frijoles en el aire.
- ¡Otra vez con el Gallo Pinto! Niña, no sabes lo que dices. — intervino Kwame, con los cachetes inflados a causa de un copioso bocado. — ¡Te gusta el Gallo Pinto porque nunca has probado el Hoppin' John!
- Eh, ¿qué es el Gallo Pinto? — preguntó Antar.
- ¡Esto! — contestó Irene con alegría, aún sosteniendo su tenedor en el aire.
- ¿No se llama Moros con Cristianos? — Antar examinó su propio plato de arroz con frijoles.
- Es parecido, pero aquí se le conoce como Gallo Pinto.
- ¿Pero no lleva gallo?
- No.
- ¿Ni pollo?
- No.

- ¿Se llama Moros con Cristianos en México? ¿Tiene tocino? – intervino Kwame de nuevo, dirigiéndole a Antar una mirada inquisitiva.
- Sí, así le decimos en México, aunque creo que es un platillo cubano, ¿o español? No estoy muy seguro...Y no, nunca lo he comido con tocino. – Antar se sintió cada vez más confundido ante la insistencia de Kwame y la disposición traviesa de Irene, quien sonreía al mismo tiempo que masticaba el bocado que había utilizado de ejemplo unos segundos antes.
- ¡Ahí está la prueba! No tiene tocino. Nada le gana al Hoppin' John. – afirmó Kwame, triunfante.
- ¿Qué es Hoppin' John?
- Exactamente lo mismo que el Gallo Pinto y que Moros con Cristianos, pero Kwame enloquece cada vez que menciono el tema. – la mueca de Irene se tornó malvada.
- ¡No es lo mismo! El Hoppin' John tiene sazón, no como ese montón de arroz y judías que comes a diario.
- Mmm... - Irene suspiró, dejando escapar el aire en la forma de gozosos gemidos al tiempo que masticaba con los ojos cerrados.

Kwame puso los ojos en blanco y se llevó un enorme bocado de ternera a la boca. De pronto, Antar se sintió desencajado.

Aquella interacción era parte de una cotidianeidad de la cual él no participaba, y la química que compartían Kwame e Irene era innegable. Posó la mirada en su comida, deseando evaporarse; disiparse en el aire hasta hacerse uno con el delicado vapor que se elevaba desde su plato.

La sensación abrumó sus sentidos. Le resultaba familiar y, a la vez, lejana. Como si fuese un amigo que lo acompañara por años para luego ausentarse durante largo tiempo. Entonces, el ojo de su mente invocó la imagen del hombro desnudo de Irene. *Por supuesto*, admitió para sus adentros; ambos elementos convergían en una misma etapa de su vida.

Antar recordó la debilucha y somnífera luz solar que se filtraba a través de las persianas del salón de clases, bañando la piel tostada de Irene, sentada en su pupitre de siempre, tres hileras frente al de Antar, en la fila a su izquierda. Evocó la incomodidad del asiento, demasiado bajo y angosto para la prominente estatura que había alcanzado desde la pubertad.

Solía descansar la cabeza sobre sus brazos cruzados, recargados de manera perezosa en el escritorio, y fingirse un soñador que miraba el paisaje que se asomaba por una de las ventanas. El hecho de que el pupitre de Irene se ubicara en la trayectoria de su visión era un feliz accidente. O eso se decía a sí mismo.

En aquellos días, vivía con la creencia de ser intrínsecamente distinto a todo lo demás. Como si su existencia misma, en una realidad que encontraba brutal y disonante, fuese un terrible error; un sentimiento natural en la adolescencia de cualquier persona, quizá, pero que Antar había experimentado en profundo anonimato. Porque sabía que en el núcleo de su ser residía una fragilidad inconfesable. Sensibilidad o flaqueza, como sea que fuese, Antar supo desde muy temprana edad que aquella esencia era incompatible con el mundo que habitaba.

Su aspecto físico lo había salvado numerosas veces del límite sin retorno de sus ciclos depresivos. Las chicas lo consideraban atractivo, y algunos chicos también. Su fuerza y agilidad física le habían asegurado la aceptación del resto de su género. Pero sabía que, por todo su vigor nato, existía endeblez de espíritu. Conocía los riesgos de vocalizar semejante deficiencia. Fue por eso que la palabra escrita se convirtió en su forma de desfogue más valiosa. Y había pasado más de una década perfeccionando el proceso alquímico de convertir lo que consideraba su mayor debilidad en un arte.

La mirada encendida de Irene devolvió a Antar al presente. Al parecer, sus ojos habían vagabundeado una vez más, sin su consentimiento, por los delicados contornos de la mujer. Habían dibujado las espirales de sus alborotados rizos castaños. Se habían deslizado por los finos bordes y curvaturas de su nariz, su mandíbula, sus labios. Habían saltado de lunar en lunar, dibujando las constelaciones sagradas que se ocultaban en la superficie de su rostro. Antar había saboreado la imagen de Irene con el paladar de su mirada, dando sorbos profundos y suculentos como si estuviera sediento de un elixir cuya existencia había olvidado.

Los ojos de Irene se habían negado a devolver su mirada por largo tiempo, hasta finalmente posarse, desafiantes, en los suyos. Lo incineraron tal como siempre lo habían hecho. Si acaso, el pasar de los años había intensificado aquellas brasas que otrora fueran aplacadas por una timidez juvenil.

Algo en la profundidad de la consciencia de Antar despertó con ferocidad, reemplazando al retraimiento que había sentido tan solo minutos antes; aquel hermetismo de su juventud perdida. El nuevo sentimiento se apoderó de sus ojos, que renuentes a ceder ante una modestia hipócrita, permanecieron inamovibles en los de Irene.

Después de varios segundos —*¿minutos? ¿eternidades?*— de contemplación mutua, el temor repentino de que fueran interrumpidos por las palabras de Kwame se asió de la mente de Antar. Pero el instante pasó, y la permanencia de aquellos implacables ojos le sacudió el miedo. Antar decidió que se sumergiría en ellos por el tiempo que fuese posible. Pero entonces, Irene bajó la mirada. Una enloquecedora mezcla de orgullo ante el poder que le concedía la claudicación de Irene, y la banalidad de la victoria que conllevaba la pérdida de su atención, le arrebató el aliento.

Cuando Antar comenzaba a resignarse a la comodidad de su propia introversión, Irene capturó su mirada otra vez y dijo,

- Muchas gracias por invitarnos la comida, Antar. Todo está delicioso. – la cortesía en sus palabras contrastó con una melancolía pasajera, reflejada en sus ojos.
- *Aunngh!*[6] – exclamó Kwame, elevando su vaso en el aire, a modo de brindis.
- El gusto es mío. Es lo menos que puedo hacer en agradecimiento por dejarme observar su trabajo.

---

[6] Interjección bermudeña utilizada para concordar con alguien o afirmar algo.

- Bueno, – dijo Irene, pausando cada cierto tiempo para sopesar sus siguientes palabras. – Parte de la labor de la organización es crear consciencia en la gente. Patrullar la playa y recolectar información no es lo único que hacemos; también trabajamos con niños, jóvenes y visitantes, como tú, para que conozcan la importancia de ayudar a la conservación de la especie. Por lo que nos platicó Mariam, nuestra coordinadora,
- Mariam, sí, la conocí cuando llegué esta mañana...
- ¡Sí! Ella...Por lo que nos contó, quieres escribir un libro. Desconozco lo que estés escribiendo, pero sin duda es otra forma de dar a conocer la misión de la organización. Así que tu investigación es muy bienvenida y benéfica para la causa. – un destello había iluminado la mirada de Irene hasta que, por alguna razón que escapaba a la imaginación de Antar, se fue debilitando con cada palabra hasta extinguirse por completo, al tiempo que su prédica llegaba a una pausa.
- ¡Bien dicho! – exclamó Kwame, elevando su vaso una vez más en el aire para después sorber silenciosamente su bebida de limón y jengibre. –

Si yo no fuera voluntario, querría serlo después de escuchar tus palabras.

Irene bajó la mirada y en su rostro se dibujó la más sutil de las sonrisas. El gesto impelió con fuerza la consciencia de Antar hacia el pasado. De pronto, aquella sonrisa se dibujó en una versión más joven de Irene, como si su memoria reprodujera la escena de una película en el ojo de su mente.

Antar revivió la adoración silenciosa que la modestia de Irene provocaba en él desde siempre, pero también el escepticismo que despertaba en quienes no comprendían aquella esencia. Sus voces le susurraron injurias en contra de la chica por encima de su hombro: *Es una hipócrita. ¡Qué falsa es! Se cree superior a los demás. ¡Es una fingida!*

Él, siempre la epítome de la circunspección, solía admirarla en silencio, desde una distancia prudente. O, quizá, siempre se había engañado a sí mismo, disfrazando de discreción una cobardía latente.

Antar contempló el rostro de Kwame, deslumbrado ante Irene, sus rasgos dispuestos de manera congruente con emociones en absoluto reprimidas. Kwame devolvió la mirada, con ojos entremezclados de franqueza y curiosidad.

- ¡Debe ser muy interesante ser escritor! – afirmó entusiasmado.

- Poeta. – contestó Irene, concentrando la mirada en algún punto indefinido sobre el mantel.

Los ojos grisáceos de Kwame se agrandaron aún más.

- *Wow*. Nunca había conocido a un poeta de verdad. Solo, ya sabes, amigos y conocidos que "escriben poesía". – el hombre dibujó comillas en el aire con sus dedos.

Antar sintió sorpresa –salpicada de fatuidad– ante la seguridad con que Irene había respondido; pero mantuvo su mirada fija en Kwame.

Admitió, para sus adentros, el increíble buen parecido del hombre. Tenía una complexión atlética; su sólida musculatura era evidente, incluso bajo la holgada playera, pero tenía una tosquedad que hacía pensar a Antar que se trataba más del resultado de un deporte de alto rendimiento o de un trabajo intenso, que de ejercicios repetitivos en la comodidad de un gimnasio.

Llevaba la cabeza afeitada, excepto por la parte superior, de donde se alzaban voluminosos rizos castaños que caían sin enfado sobre un costado. Su rostro bien afeitado enfatizaba su aspecto juvenil y sus ojos claros, entre plomizos y aceitunados, contrastaban con brillante ferocidad sobre su piel oscura como el cacao. No había forma alguna de que una mujer no lo encontrara atractivo.

Me lleva la chingada, la mente de Antar protestó en silencio.

- ¿Y de qué van a tratar tus poemas? – preguntó el hombre.

Irene levantó sus ojos desorbitados en dirección de Kwame, como si le horrorizara la pregunta. Antar sonrió para sí mismo.

- Aún no lo sé.

Kwame lo miró, desconcertado.

- "Hay que invocar a la inspiración hasta que salga de su escondite". – las palabras de Antar fueron recitadas por la dulce voz de Irene.

Antar posó sus ojos en la mujer por enésima vez en la última hora. Pero esta vez, su mirada se despojó de toda ferocidad; se desnudó de toda presunción de poder. En su lugar, quedó una melancolía líquida que humedeció los bordes de sus párpados. Viajó por su conducto nasolagrimal como un riachuelo filtrándose por los recovecos de una cueva, erosionando la piedra caliza en el proceso. De alguna forma, el amargo néctar llegó hasta su garganta, y Antar pudo saborear su propia melancolía.

Algo estaba terriblemente mal. Y ese algo lo había guiado hasta Irene. Antar supo, de repente, que la inspiración no se hallaría agazapada bajo la superficie turbia de los canales, ni en la aspereza de la playa. No estaría bajo el caparazón de la tortuga, ni en el aullido de los monos. La inspiración se había disfrazado con la piel de Irene, y Antar se sintió más aterrado que nunca.

III. El Loco

Kwame extrañaba el mar. Sabía que si alguien en el pueblo costero de Tortuguero pudiera escuchar sus pensamientos, diría que estaba loco. Pero las olas de azul cobalto que rompían contra la extensa franja de arena, sometiéndola hasta hacerla endeble, susceptible incluso a la pisada humana, eran incomparables con las cristalinas aguas bermudeñas que acariciaban lechos de algas marinas y arrecifes de coral.

Extrañaba sumergirse en la vastedad turquesa que rodeaba a la isla, en búsqueda de las jóvenes tortugas que la transitaban. Extrañaba el intenso y sempiterno beso del Sol sobre su piel, mientras capturaba cada uno de los espléndidos reptiles, los subía en brazos al bote, los enfilaba sobre la cubierta, hacía las mediciones y anotaciones pertinentes, tomaba las muestras necesarias y los regresaba al océano, agradecido de haber gozado de su compañía y admirado por su extraña belleza, por su fragilidad tanto como por su fortaleza.

Aquí era distinto. Bajo las aguas marinas de Tortuguero acechaba el peligro disfrazado de tiburones toro y mareas traicioneras, de manera que Kwame debía contentarse con mirar sus hipnóticas olas desde la costa. Debía resignarse a recibir el beso de la Luna, infinitamente más tierno que el de su hermano áureo. Pero valía la pena, si la espera por el alba traía consigo la llegada de una futura madre tortuga.

Inspiradas por un llamado ancestral, las tortugas buscaban la santidad de la playa para depositar su frágil pero invaluable legado: una centena de esferas aperladas de las que emergería una nueva generación. Las pequeñas se abrirían paso fuera del nido, y darían sus primeros alientos teniendo que sortear, al mismo tiempo, una serie de peligros naturales que terminarían por diezmarlas sin remedio, reduciéndolas a unas cuantas embajadoras de su especie.

La playa de Tortuguero aún les proveía santuario, pero las tortugas marinas habían dejado de anidar en las islas Bermudas muchas décadas atrás. Cazadas hasta el borde de la extinción, las madres ya no viajaban para desovar en sus arenas. El lecho marino, rebosante de algas, era un hogar temporal que albergaba a varias especies de tortugas jóvenes, pero éstas eran visitantes de otras naciones, quienes eventualmente peregrinarían de vuelta a la playa de su nacimiento para perpetuar el ciclo de la vida.

Los bermudeños habían aprendido la lección. Ante la desaparición de los nidos, se crearon legislaciones para detener la caza y acciones para disuadir a la población del consumo de su carne y de sus huevos, pero el daño estaba hecho. Los años pasaron inexorables; todo parecía indicar que la naturaleza había tomado su decisión. Una que los grandes científicos conservacionistas del siglo XX habían intentado disputar.

A mediados de dicho siglo, más de dieciséis mil huevos de tortuga verde fueron transportados desde Tortuguero hasta las Bermudas a lo largo de varios años, como parte de la ambiciosa Operación Tortuga Verde del naturalista Archie Carr, quien tenía la esperanza de que reubicando sus nidos, nuevas generaciones de tortugas regresarían a las playas caribeñas donde sus antecesoras habían perecido.

A pesar de la proeza, la brújula de aquellas crías permaneció intacta, y cuando llegó su turno de recibir el llamado al apareamiento, las tortugas nacidas durante el experimento volvieron a las costas elegidas por sus madres, debilitando la fe de los conservacionistas en restablecer la gloria caribeña para estos inmemoriales reptiles.

Pero una chispa de esperanza había iluminado las islas Bermudas en la segunda década del siglo XXI, cuando un abuelo y su nieta descubrieron juntos a una cría de tortuga verde recién nacida. Después de horas de frenética búsqueda, un grupo de científicos y pobladores entusiastas encontró el nido de Mimi, nombre que la niña descubridora había dado a la tortuga. El hallazgo reveló casi una centena de huevos eclosionados con éxito. Si aquel nido era el resultado de los esfuerzos de Operación Tortuga Verde o un evento aislado y fortuito, los científicos no sabían decirlo. Pero sin importar la causa, el descubrimiento había echado luz a casi un siglo de oscuridad. Con toda probabilidad, debía haber representado un faro luminoso para David Wingate, el conservacionista responsable de sumar las islas Bermudas a los esfuerzos de Archie Carr, y quien a sus ochenta años pudo presenciar, por primera vez en su vida, un nido de tortugas verdes en tierra bermudeña.

Sin lugar a duda, el suceso había encendido en Kwame la flama de una pasión por aquellas criaturas, de las que previamente había sabido tan poco. Lo había impulsado a acercarse a ese grupo de científicos, locos y soñadores de la Sea Turtle Conservancy, que veían la realidad a través de una lente de posibilidad, de perseverancia inextinguible y, en esencia, de fe en la humanidad. La misma pasión lo había guiado hasta Costa Rica, para atestiguar por sí mismo aquel prodigio.

La primera vez que sucedió, se sintió sacudido como por la fuerza de un rayo. El mundo se tornó más vívido y, a la vez, se hizo el silencio. Kwame fue invadido por la certeza irracional de que aquella criatura, esa enorme tortuga emergiendo de entre la espuma marina, lo había elegido a él para compartir la culminación de su odisea. Atesoraría para siempre el recuerdo de aquel momento; de haber levantado la mirada hacia las estrellas en agradecimiento por la respuesta a una plegaria que ni siquiera recordaba haber pronunciado.

No comprendía, entonces, la razón de su repentina nostalgia. De pronto, no podía pensar en otra cosa más que en el azul de los mares bermudeños, la sensación del agua salada envolviendo su piel, el aroma de la comida recién hecha por su madre, el barullo que reinaba de forma ininterrumpida en la casa de sus padres, el sonido de la risa de su hermana, la suavidad del pelaje de Fritter, su perro; el dulce sabor de los labios de aquel amor que lo esperaba en la isla, el fuego que se encendía en sus ojos cuando lo miraba a él, y solo a él...

Kwame se obligó a volver al presente. El silencio se había asentado en la biblioteca desde que Irene y él regresaran de la comida con Antar Olivares. Se había posado en el ambiente como una densa nube; como si cualesquiera que fueran los pensamientos de Irene, inusualmente taciturna, se evaporaran de su mente para luego condensarse sobre sus cabezas. Kwame había sucumbido ante aquel extraño clima, internándose él mismo en espacios poco visitados de su propia psique. Anticipando una tormenta, se dispuso a disipar el nubarrón.

- Yo creo que todo está listo.

Echó un vistazo a Irene, quien había hecho inventario de los instrumentos y herramientas más veces de lo acostumbrado. *Calibre, alicates, cinta métrica, libreta de campo...*Llegaba al final de la lista y volvía al principio: *calibre, alicates, cinta métrica, libreta de campo...*

Irene levantó la mirada en dirección de Kwame; sus ojos se abrieron de par en par, como si apenas se estuviera percatando de su existencia. Dejó escapar una débil risilla.

- Claro, sí. Tienes razón. No sé en qué estoy pensando.

- Sí, ¿en *qué* estás pensando, *Ace Girl*?

Kwame formuló la pregunta con un tono deliberadamente franco, al tiempo que indagaba en los ojos maple de la joven con su propia mirada. Irene le devolvió una expresión compungida. Vaciló por un momento, pero finalmente liberó un suspiro a medias. Le dirigió una sonrisa pusilánime y tomó aire como si estuviera a punto de decir algo, pero nada surgió.

- ¿Fue algo serio? ¿Antar y tú?

La estupefacción de Irene casi le roba una carcajada. Pero Kwame no la dejaría evadir el tema; le dirigió una mirada grave, solamente suavizada por la sonrisa cómplice que la acompañaba.

- ¿Antar y yo? No, *my Ace Boy*, estás *muy* lejos de la verdad. – afirmó la joven, forzando su voz a un timbre jovial que duró poco. – Nunca hubo un "Antar y yo".

Kwame meditó sus siguientes palabras antes de formularlas, en un intento por aminorar una franqueza que Irene podría confundir con agresividad, si es que las semanas que había pasado en su compañía eran un antecedente de fiar.

- No sé qué sea, pero hay *algo*. Algo grande. Algo...¡Eléctrico! – el cuerpo de Kwame se zarandeó como si hubiese recibido una descarga de electricidad.

Los labios de Irene dibujaron una sonrisa impregnada de melancolía. De pronto, sus ojos, mieles de maple, lo escudriñaron largamente, entre incrédulos y curiosos.

- ¿En verdad soy *tan* transparente?

- ¿Tú? ¿Solamente tú? Niña, no sabes nada de nada.

Ambas cejas de Irene se elevaron hacia el cielo, implorando porque Kwame justificara sus palabras.

- Antar te mira como...Como si fueras el mar. Como si fueras la Luna. ¡Como si fueras un delicioso, caliente, y cremoso plato de *fish chowder!*[7] – afirmó, enfatizando cada una de las cualidades del maravilloso platillo, cuya mera remembranza le hacía agua la boca.

- Fish chowd...¿En serio, Kwame? Sopa de pescado. ¿El mar, la Luna y sopa de pescado?

- Estás enojada porque no lo has probado. Si probaras el que hace mi madre, estarías feliz; la más feliz del mundo. Me dirías, "¡gracias, Kwame, es lo más bonito que he escuchado!".

- No estoy enojada; solamente me parece increíble que lo más romántico que puedas pensar tenga que ver con comida.

---

[7] *Fish chowder* es considerado el platillo nacional de las islas Bermudas. Se trata de una sopa de pescado preparada con diversos ingredientes, tales como tomate, cebolla, ajo, apio, zanahorias, especias, ron negro y una salsa de pimientos macerados en jerez.

Los ojos de Kwame se desorbitaron al tiempo que la palma abierta de su mano viajaba hasta cubrir su pecho, en señal de incredulidad.

- Irene...¿Nos conocemos?
- Lo siento, ¡lo siento! Tienes toda la razón. A estas alturas, no me debería sorprender.
- Perdóname. Yo *no* soy un poeta.

Los labios de Irene se abrieron como por voluntad propia. Se quedó mirándolo, atónita. De pronto, soltó una sincera carcajada.

- ¡No puedo creer que hayas dicho eso!
- Él debe tener palabras más bonitas para esas cosas que siente por ti. Porque, escúchame niña: siente cosas por ti. – dibujó una serie de erráticos círculos con las palmas de sus manos para añadir gravedad a las "cosas", cualesquiera que fueran esos sentimientos que yacían a flor de piel en el hombre, y que Kwame encontraba absurdo que Irene pretendiera no notar.

Entonces, la sonrisa de Irene se desvaneció y su mirada se tornó neblinosa.

- Oh...Lo siento. ¿Dije algo malo?

Irene parecía perdida, ensimismada en el fondo de algún abismo insondable. Kwame sintió remordimiento, sin saber exactamente por qué. Algo en sus palabras la habían arrojado más allá de un borde invisible, y no tenía idea de cómo hacerla regresar.

- No...- afirmó al fin, si bien en uno de los tonos menos convincentes que Kwame había escuchado jamás. – No, para nada. Kwame,

La voz de Irene cayó hasta hacerse un susurro. Kwame no pudo evitar pensar en el hecho de que estaban solos; nadie podría escucharlos de cualquier forma.

- Antar fue alguien muy importante en mi vida. Pero...Él no lo sabe. No, no es cierto. Sí lo sabe. Cree que lo sabe; pero no realmente. No el grado de...No realmente. Y tal vez, *solo tal vez*, tengas razón y él me mire como si fuera un rico platillo; aunque hasta eso dudo. Como sea, él no me ve como yo lo veo. No; yo ni siquiera lo veo. Kwame, yo no lo veo: yo lo *siento*.

Sus ojos de maple se humedecieron de pronto.

- Desde que lo conozco, lo siento como si fuera algo que siempre estuvo allí, conmigo, dentro de mí y afuera, al mismo tiempo. Como si fuera...¿Oxígeno?

Lanzó una mirada entre exasperada y despavorida en dirección de Kwame, quien inmediatamente comprendió su silenciosa súplica y la respondió con una sonrisa que pretendía asegurarle que no, sus palabras no eran una tontería.

- Oxígeno. — continuó. — Siempre presente, entrando y saliendo de mis pulmones, hasta que la falta del mismo amenaza con asfixiarme...Pero no. El oxígeno no es la palabra adecuada. Antar es un tipo de gas adictivo y, a la vez, tóxico. Me corta la respiración, al mismo tiempo que la hace placentera. Quiero inhalarlo; que me expanda el diafragma hasta casi reventar, pero sé que debo abstenerme de siquiera intentarlo. Que sus vapores contaminan cada cavidad escondida en lo profundo de mi ser.

El pecho de Irene se elevó y cayó gravemente, manifestando en el plano material aquella metafórica dificultad respiratoria. Su mirada vagó lejos, muy lejos a donde Kwame sabía que era inútil intentar ir.

- Perdóname. — rió de pronto. — Sé lo ridícula que debo sonar.

Kwame negó con la cabeza. Él la comprendía. Si tan solo supiera lo mucho que la comprendía. Y la admiraba. Irene no solía dar rienda suelta a largos discursos; esa era costumbre de Kwame. Pero cuando lo hacía, su franqueza y emotividad siempre lo maravillaban.

- No, no. Tú sí eres una poeta, *my Ace Girl*.

Las facciones de Irene dibujaron una expresión agridulce, pero afectiva hacia Kwame.

- Sé que no tengo derecho a sentir lo que siento por él. Me aterra, solo de pensarlo...Pero él no debe saberlo. No sería la primera vez que...Kwame, no hay nada en el mundo que me aterre tanto como el poder que tiene ese hombre sobre mis sentimientos.

Kwame sintió una agitación feroz secuestrar sus entrañas de repente, contrayéndolas como un resorte a punto de rebotar.

- ¿Te hizo algo? – preguntó, su voz enronquecida por la gravedad de sus palabras. – Irene, ¿te hizo daño?
- ¡No!...No. No realmente. Solo...Si lo hizo, quiero pensar que no lo hizo a propósito.
- ¿Quieres hablar con Mariam? ¿Quieres quedarte en la estación? Puedes decir que estás muy cansada, que te sientes mal, yo puedo...
- ¡No! No, Kwame, no. Perdóname; no me estoy dando a entender. Antar no es una mala persona. Solo...Es complicado. Por favor, no hagas nada, solo...Tú preguntaste y yo nunca quise decir que...No sé cómo explicarlo.

Kwame dio dos zancadas hasta el lugar de Irene y la estrechó con fuerza entre sus brazos.

- Está bien. Está bien. Te entiendo. Es complicado. Yo entiendo complicado, ¿recuerdas?

Irene levantó la cabeza hacia Kwame y le dirigió una amplia sonrisa, al tiempo que dos lágrimas caían velozmente por sus mejillas. Asintió con la cabeza y lo estrechó también, respondiendo su abrazo con la misma fuerza.

Como si fuera oxígeno, pensó Kwame. Inspiró profundamente, quizás en un intento por succionar todo el aire de la habitación, y más allá. Tal vez era una invocación a las partículas de su distante oxígeno, esperándolo más allá de la inmensa masa de agua que se extendía entre aquella costa vestal y la isla. Su isla.

IV. La Luna

Irene se desconocía a sí misma. Ignoraba quién era aquella persona parlanchina y extrovertida que había compartido la hora de la comida con Antar como si se tratara del asunto más intrascendente en el mundo. Esa chica que se había atrevido a reír y a hacer bromas en su presencia. Esa mujer que lo había mirado a los ojos – casi– sin parpadear, –casi– sin agacharse, dejándose perder en aquellos pozos negros; mares nocturnos insondables, colmados de peligro.

Quizá, debía atribuirlo y agradecerlo enteramente a la compañía de Kwame. El hombre la confortaba como pocas personas en su vida. Sentía una familiaridad y confianza a su lado que ni siquiera algunos de sus propios parientes le inspiraban. Tanto como para revelarle algo que nunca había confesado abiertamente a nadie: sus sentimientos hacia Antar.

Intentó encontrar algún alivio en el hecho de que su confesión no representaba, en realidad, más que la punta de un témpano de hielo que se extendía hacia un abismo poco explorado y a duras penas comprendido. Aún así. Era mucho más de lo que se había atrevido a formular en voz alta desde que Antar ocupara un lugar permanente dentro de su mente; ese lugar en el que parecían converger cientos de laberintos.

Por supuesto, no pretendía revelarle nada más. Seguiría guardando con celo aquellas creencias que, más allá de la seguridad de su cabeza, perecerían en un mundo que no podría considerarlas algo más que absurdas; infantiles, en el mejor de los casos.

No.

Irene podía resignarse ante la carga de saberse presa de aquellos disparates, pero no soportaría el peso del prejuicio ajeno.

No de nuevo. Nunca más.

Sus pensamientos fueron interrumpidos por la incongruencia que era la silueta de Antar contra el paraje de Tortuguero. No era que el hombre se viera particularmente fuera de lugar en el contexto de una playa, sino que las semanas previas habían moldeado en Irene la idea de Tortuguero en una realidad que no incluía la existencia de Antar, ni siquiera en sus fantasías más descabelladas.

Pero ahí estaba, corpóreo, sin lugar a duda, esperándolos en el punto de encuentro acordado, justo frente al letrero de madera donde se apreciaba el logo de la Sea Turtle Conservancy, a un costado de la leyenda,

John H. Phipps
Estación Biológica
Biological Field Station

El letrero, cuyo tamaño Irene nunca había puesto en tela de juicio, de pronto le pareció pequeño. La joven recordaba la formidable estatura de Antar desde los tiempos de su adolescencia, pero su espalda se había ensanchado notablemente con la adultez, otorgándole una corpulencia que contrastaba con la mayoría de las personas, pero en particular y de manera fascinante, con sus facciones aún inexplicablemente juveniles.

Antar era una paradoja de sutilezas flotando en un mar de tosquedades. Ojos de negrura abismal que irradiaban el calor de una estrella. Ángulos rectos que se intersectaban para formar los hercúleos rasgos de su rostro moreno, enmarcado por suaves ondas de cabello negro. El porte indómito de un guerrero cuya armadura revestía la vulnerabilidad de un niño.

Una sencilla playera gris humo le cubría el torso, en combinación con unas bermudas gris Oxford y unos botines Caterpillar de color negro. Desde que lo viera en el restaurante del *lodge*, un par de horas atrás, la mente de Irene había sido inundada por oleadas de remembranzas de Antar vestido en distintas gamas de colores neutros. Tres años de escuela preparatoria, cinco días consecutivos a la semana de jeans oscuros y playeras casi idénticas que alternaban entre tonos de gris, negro, blanco y marrón desfilaron por la memoria de Irene.

Ahora que volvía a reparar en su atuendo, se vio obligada a reprimir una sonrisa. Encontró divertida la posibilidad de que aquella predilección se debiera a un secreto deseo de pasar inadvertido, así como la improbabilidad que semejante pretensión conllevaría.

Irene no concebía lugar ni situación en que Antar se mezclase lo suficiente con el entorno para pasar desapercibido. Le parecía impensable, incluso si solo tomase en cuenta su tamaño. Ni hablar de su atractivo; un imán de cuyo magnetismo Irene había sido tanto cautiva como testigo. Y si bien aquella selección de sobrias tonalidades al menos lograban combinar con los bosques de concreto y vidrio de la capital, no hacían más que destacar de entre los verdes, rojos, amarillos y púrpuras de la maleza selvática.

Bueno, le concedió en silencio; al menos ahora, el manto del crepúsculo lo había transformado en una inmensa sombra. Irene caminó hacia él y aunque Kwame se hallaba infalible a su lado, sintió como si la línea imaginaria que se dibujaba entre Antar y ella marcara la senda hacia un destino que no podría postergarse por más tiempo. El pensamiento hizo que su boca se secara y sus extremidades le cosquillearan de una manera tan desagradable como intrigante.

- ¿Estás listo, amigo? – Kwame se dirigió al hombre.

Antar asintió con la cabeza una sola vez, lenta pero enfáticamente, y los tres se encaminaron hacia la interminable franja de arena que, pálida, ondulaba bajo una luna por poco llena.

Irene no pudo reprimirse en reparar que la llegada de Antar había coincidido con la venida de una noche extraordinaria. Los dedos invisibles del crepúsculo habían desgarrado, uno a uno, los nubarrones característicos de Tortuguero, desvistiendo la bóveda celeste hasta revelar constelaciones de estrellas que se extendían cual lunares titilantes sobre la oscura piel del Universo.

Irene pasó buena parte de las horas siguientes tratando de apaciguar semejantes pensamientos, que aquel espectáculo nocturno insistía en arrebatarle.

- ¿Por qué usan focos rojos?

Antar señaló la diminuta linterna que, por ahora, yacía apagada sobre la frente de Irene. Llevaban más de una hora recorriendo la zona de patrullaje, la cual consistía de ocho kilómetros de arenales blandos.

- Porque la luz artificial afecta su sentido de orientación. – respondió Irene. – Las tortugas perfeccionaron la manera de reconocer y ubicar el mar de noche a lo largo de millones de años de evolución; nuestras luces nocturnas no tienen ningún sentido para ellas.

Antar la escuchó con atención.

- Imagínate: por más tiempo de lo que ha existido el ser humano, las tortugas aprendieron a confiar en que las playas son lugares oscuros, y que las olas del mar reflejan la luz de la Luna y las estrellas. En cambio, nosotros nos esmeramos por iluminar las playas; por construir calles y edificios brillantes justo sobre las riberas.

Los ojos de Antar permanecieron fijos en los suyos, al tiempo que su pulgar jugueteaba de manera inconsciente a presionar el pequeño valle que se formaba entre su grueso labio inferior y el comienzo de su barbilla. Irene removió la correa que sujetaba la linterna alrededor de su cabeza; luego, sostuvo la bombilla frente a él.

- Este tipo de luz roja... - continuó Irene, haciendo un esfuerzo sobrehumano por disuadir a sus ojos de concentrarse sobre aquel punto específico que el pulgar de Antar insistía en señalar.– ...Tiene una longitud de onda mayor que la de las luces blancas, amarillentas y verdes del espectro de luz visible, que son las que acostumbramos a usar. Las tortugas son más sensibles a longitudes de onda cortas, así que este tipo de linterna es la única iluminación que podemos usar en los patrullajes nocturnos.

La mirada de Antar escudriñó la linterna en manos de Irene por unos cuántos segundos, para después salir volando y posarse en la lejanía, sobre las olas del mar.

- ¿Y qué pasa en las playas turísticas, donde hay kilómetros y kilómetros de hoteles? – preguntó el hombre, aún con la mirada vaga.
- Las tortugas se confunden. – contestó Kwame esta vez, con los ojos igualmente posados en el horizonte marino. – Vagan por la playa hasta encontrar su camino de regreso, y se van sin anidar. O nunca salen del mar.

Irene vio cómo el entrecejo de Antar se fruncía de pronto, y sus pobladas cejas negras ensombrecían sus intensos ojos.

- Así es. – confirmó la joven, y añadió, – Las tortugas terminan por evitar las playas iluminadas. ¡Ahora, imagínate a los neonatos que deben cruzar la playa para llegar al mar! Pueden perderse por horas, exponiéndose a un montón de peligros que reducen sus posibilidades de sobrevivir. Es uno de los muchos impactos negativos que nuestra civilización tiene sobre su existencia.

La expresión meditabunda de Antar hechizó a Irene, arrebatándole toda la voluntad que había invocado previamente para blindar su corazón contra el temido sentimentalismo de ayeres lejanos.

- Lo bueno es que ustedes cuidan de esta playa... – la profunda voz de Antar parecía dirigirse más hacia el mar que a ellos. – Me imagino que debe haber otras como ésta...
- La STC trabaja en todo el Caribe. – respondió Kwame. – Hay voluntarios, como nosotros, y científicos haciendo lo mismo en otras playas.
- También hay otras organizaciones en el Caribe y el Pacífico. – agregó Irene. – Y en otros lugares del mundo; incluso en mares donde las tortugas marinas no anidan, pero que son igualmente

importantes porque las utilizan como rutas o sitios para alimentarse.

- Pero la STC es la más antigua de todas. – una orgullosa sonrisa se dibujó en el rostro de Kwame.

Irene observó el semblante pensativo de Antar, cuya mirada dejó las implacables olas del mar para posarse sobre el camino arenoso frente a sus pies.

- No, no es suficiente. – afirmó la joven. Enseguida, Antar posó sobre ella un par de ojos inquisitivos.

– Es lo que te estabas preguntando, ¿no?

La mirada del hombre se escondió nuevamente detrás de un par de pesados párpados que solo le dejaron sendas mirillas para entrever el piso, pero sus labios formaron una afirmativa –y quizás, un tanto amarga– sonrisa.

Antar bajo la Luna llena, susurró algún recoveco incierto dentro de la mente de Irene. Era como verlo a través de una lente nueva; una que su imaginación había utilizado incontables veces en fantasías pero que nunca había podido usar en el mundo real. *Nunca había visto a Antar de noche...*Los destellos azulinos y plateados de la Luna recorrían sus ondas de cabello negro; delineaban los rasgos de su rostro con finos trazos y enardecían su mirada con ferocidad cada vez que alcanzaban a reflejarse sobre la superficie de sus ojos.

- Todos hacemos lo posible por ganar pequeñas batallas, pero la guerra nunca se acaba. - continuó Irene, imitando el aparente interés de Antar por el suelo arenoso.

Cualquier excusa para posar su mirada en otra cosa que no fuese aquel hombre era buena. Cuando menos, hablar de su labor la ayudaba a enfocarse en algo.

- Por cada pequeño paso que damos, hay gente que hace de todo con tal de robar sus huevos para venderlos ilegalmente. Hay pescadores que las atrapan en sus redes sin razón; las matan o las lastiman solo por querer sacar algún tipo de pez. Ni se diga de las empresas que siguen produciendo todo tipo de plásticos que terminan en su estómago y en el de muchas otras especies. Hay *gobiernos enteros* que prefieren convertir sus territorios en playas lucrativas, en lugar de velar por ellas. La conservación de las tortugas es, si acaso, lo último que les pasa por la cabeza.

El silencio gobernó un instante que se extendió hasta parecer eterno. El feroz oleaje del mar era lo único audible; como una especie de musicalidad discordante pero, a la vez, hipnótica.

- Y las tortugas, ¿vuelven a las playas si se adecuan para que puedan anidar otra vez? – la voz de Antar era suave, cargada de una curiosidad entremezclada con algo parecido al anhelo.

Irene guardó silencio, al tiempo que dirigía una mirada entristecida en dirección de Kwame, anticipando una respuesta que le pertenecía a él de un modo más entrañable de lo que jamás podría pertenecerle a ella.

- Es como el amor. – respondió Kwame, encogiéndose de hombros. – Algunas veces, puedes perdonar. Pero la confianza se va. A veces, nunca regresa.

Entonces, Antar se tornó a Irene y le dedicó una sonrisa tan dulce, que la chica sintió que su corazón obviaba un latido. Habló como si solamente compartiera la playa con ella,

- Cuando mi amigo Uriel me platicó de Tortuguero, me imaginé, *por alguna razón estúpida*, – elevó los ojos al cielo, como pidiendo perdón a los dioses. – multitudes de tortugas llegando a la playa. ¡Como una invasión de naves interplanetarias colonizando un nuevo mundo! Sé que no tiene el más mínimo sentido, porque él nunca me describió algo así, pero esa es la visión instantánea que se formó en mi cabeza.

Había tal añoranza en el tono de su voz, que Irene sintió que el corazón se le encogía hasta convertírsele en un tejido tullido y desdeñable.

- Lamento que te decepcionara. — Irene pronunció las palabras como si intentara disculparse a sí misma. Se dio cuenta de esto una vez que era demasiado tarde, cuando no podía más que sentir pánico de que Antar y Kwame lo percibieran de igual forma.

- No...No digas eso. — Antar le dirigió una mirada desconcertada.

La mandíbula de Irene se tensó al darse cuenta de que su pánico era justificado.

- Es una experiencia completamente distinta a como la imaginé, pero... — los ojos de Antar volaron hacia la inmensidad marina. — ...Es justo lo que necesitaba: vivir la incertidumbre que precede a un suceso increíble. Esperar la llegada de algo que se posterga hasta hacer la anticipación casi insoportable. Nunca debí dar por sentado algo que tendría que reverenciarse como sagrado, pero que la comodidad del mundo civilizado nos ha tentado a despojar de todo sentido...

Sus palabras se hicieron susurros, e Irene pudo entrever por el rabillo del ojo que Kwame compartía su repentina y silenciosa adoración hacia aquellos pensamientos tan íntimos que, dichos en voz alta, resonaban con emociones que quizá ellos jamás podrían pronunciar con semejante elocuencia.

Lo que bien pudo haber permanecido como un momento de embelesamiento casi místico, fue súbitamente interrumpido por una carcajada de Kwame.

- *Damn, boy!* En verdad, eres un poeta...

Irene irrumpió en una risilla incontrolable, incitada aún más por el encogimiento de hombros de Antar, que revelaba una timidez casi cómica para alguien de su aspecto y tamaño.

Continuaron caminando en las entrañas de la madrugada, sin avistamiento de tortugas ni huellas que delataran una presencia asincrónica. Antar continuó exponiendo sus dudas y Kwame ofreciendo sus respuestas. Poco a poco, y tal vez sin realmente pretenderlo, Irene comenzó a caer en un estado de profundo retraimiento.

En algún punto de la noche, la grave voz de Antar se convirtió en un eje sobre el cual giraba la consciencia de Irene, vagabunda entre advertir los dibujos de las constelaciones y escudriñar la arena en busca de rastros.

Su voz y la luz de la Luna se volvieron lo único fijo, inmutable, que daba forma a la oscuridad de Tortuguero. Odiaba admitirlo para sus adentros, pero la intermitente voz de Kwame se había vuelto poco más que un susurro que se entreveraba con la canción hecha por las olas del mar, recordándole, cada cierto tiempo, que Antar y ella no eran dos partículas solitarias flotando en la inmensidad de un cosmos desolado. Y por un instante, deseó que así fuera: que la playa –el mar, el mundo entero– perteneciera a nadie más que a ellos dos.

Finalmente, Irene despertó del hechizo que había secuestrado su voz durante largos minutos –¿horas, quizás?–, se tornó hacia Antar y dijo,

- Falta poco para el amanecer; será mejor que descanses.

Dirigió una sonrisa al hombre, aventurándose a mirarlo a los ojos por primera vez en lo que parecía una eternidad contenida en momentos de aquella extraña madrugada.

Los ojos de Antar se agrandaron bajo su ceño fruncido.

- No te preocupes, – lo intentó confortar la joven. – Patrullamos la playa cada tercera noche. Si gustas, nos puedes acompañar otra vez. A lo mejor, tendremos suerte entonces.

Los rasgos en el rostro de Antar dibujaron algo semejante a la duda.

- A menos de que tengas que irte o tengas otros planes, o... - un pánico súbito se apoderó de Irene, quien apenas reparó en que desconocía cuánto tiempo estaría Antar en Tortuguero.

- No, no, – la duda desapareció repentinamente de su faz. – Voy a quedarme hasta el viernes.

*Viernes...*Por un momento, Irene batalló por recordar qué día de la semana era. Debía ser culpa del cansancio. O de la obsolescencia en que habían caído las nociones de *semana laboral* y *fin de semana* durante su estadía en Tortuguero.

- Por supuesto que los acompaño, – continuó Antar. – No podría irme sin ver una tortuga; mi viaje no habría tenido sentido...

Su voz se apagó hasta convertirse en un murmullo gutural e incomprensible, y sus facciones se configuraron nuevamente para formar una expresión dubitativa, casi perpleja. Irene y Kwame mantuvieron silencio en la espera de algún tipo de cierre por parte de Antar, pero el pasar de los segundos les confirmó que no recibirían uno. Lo acompañaron hasta la cabaña de su *lodge*; el tamaño de Antar no era garantía de que no corriera peligro alguno en la selva costarricense. Una vez ahí, Antar les dio las buenas noches, pero antes de abrir la puerta se tornó hacia Irene, con ese mismo aspecto vacilante que lo había acompañado durante los últimos minutos, posó una mano sobre su hombro y le preguntó en un tono que pretendía ser casual,

- Oye, ¿mañana tienes tiempo libre? Digo, hoy. – las cejas se le fueron al cielo, en un gesto que evidenciaba su propia confusión en torno al tiempo. – Quiero decir hoy, después de que duermas.

Irene permaneció rígida de la coronilla hasta la punta de los pies. Sabía que su lengua y labios eran capaces de articular palabras en la teoría; pero en la práctica parecía haber olvidado cómo.

- Aunque si estás muy ocupada, no hay problema; tampoco quiero distraerte de tu trabajo. – su voz, ya grave, se engruesó aún más hasta convertirse en balbuceos guturales. – Lo que pasa es que tenía pensado hacer un tour por los canales, y tener a una bióloga como compañía sería muy útil.

Irene sintió cómo una gigantesca gota de saliva bajaba torpemente por su garganta sin que pudiera evitarlo. Se sintió incapaz de hilar palabra ante la incomodidad que suponía recibir aquella invitación —a todas luces, individual— en presencia de Kwame.

- Además, - añadió Antar, como si le hubiera leído el pensamiento. – Podríamos aprovechar para platicar y ponernos al día. Ha pasado una vida desde la última vez que nos vimos.

Kwame se hallaba fuera del campo de visión de Irene, pero podría haber jurado que sentía cómo éste sonreía pícaramente detrás de ella. Ante la demora de su respuesta, la mano de Antar abandonó su hombro. Un pavor repentino fluyó por las venas de Irene. Se forzó a hablar antes de que aquella rara oportunidad se desvaneciera y terminara odiándose a sí misma para siempre.

- Tengo tiempo al mediodía. Conozco a un excelente guía que nos puede llevar a los mejores lugares para ver animales.

Echó un tímido vistazo en dirección de Kwame, pero en cuanto se encontró con su mirada cómplice, supo que el hombre entendía la situación a la perfección. No solo eso; seguramente le pediría un relato detallado del encuentro en cuanto regresara a la estación después del tour.

- Perfecto. – la más sutil de las sonrisas se dibujó en el rostro de Antar. – Te veo en el letrero de la estación, al mediodía.

La súbita y completa carencia de titubeo en su voz la tomó por sorpresa. Se preguntó si aquel era el mismo Antar que minutos antes parecía abrumado por alguna indecisión inconfesable.

Confundida hasta el núcleo de su ser —o, tal vez, demasiado exhausta como para hacer uso de discernimiento—, Irene asintió, se despidió brevemente y partió con Kwame de vuelta a la estación. La caminata de regreso le hizo darse cuenta de que un solo sentimiento la invadía: gratitud.

Se sentía agradecida de que Kwame se conformara con caminar silenciosamente a su lado, obviando el cuestionario que seguramente moría por hacerle. Agradeció para sus adentros que el patrullaje la dejara físicamente agotada, prometiéndole horas de sueño que sin duda necesitaría para procesar los sucesos recientes y enfrentar los venideros.

Una parte recóndita de su alma se sintió agradecida hacia las misteriosas fuerzas que habían unido su camino y el de Antar de la manera más inusual, pero también la más asombrosa posible. Finalmente, Irene agradeció que su mente estuviera demasiado cansada para antagonizar a su alma y que, al menos por lo que restaba de la madrugada y de la mañana, el letargo se haría cargo de ella, envolviéndola con su manto de inapelable paz.

V. El Sol

Contemplar a Irene siendo mecida por el vaivén de las inescrutables aguas de Tortuguero, rodeada de rozagantes palmas y helechos que le acariciaban la espalda, o se ensortijaban momentáneamente entre sus rizos, era una especie de revelación que tenía secuestrados los sentidos de Antar. Era como si aquellos años de escuela preparatoria, observándola de soslayo en el salón de clases, hubieran sido una mentira. Como si nunca la hubiera visto en realidad, hasta ese momento.

Porque la mujer que tenía frente a él, sin duda, era Irene; pero una Irene completamente distinta. Al parecer, la chica tímida y soñadora que había visto a diario era una mera sombra de lo que yacía adentro. Un pájaro enjaulado que en Tortuguero había hallado su libertad.

Todos los rasgos y cualidades que se había ocupado de observar por años adquirían un nuevo sentido en aquel paraje selvático. Una dimensión diferente. Era como si antes hubiera percibido a Irene dentro de los confines de una realidad bidimensional, y esta selva, este canal bordeado de esteros, brindase una tercera dimensión, cuya profundidad desvelaba relieves y aristas previamente matizados, al tiempo que ocultaba en sombras honduras insospechadas.

No se trataba simplemente de la tonalidad aún más profunda que había adquirido su piel morena, ni del bálsamo que impregnaba su piel de la humedad de Tortuguero entremezclada con su propio sudor. No eran solo sus largos rizos castaños —indómitos en aquella jungla—, ni el halo que formaban alrededor de su rostro, cual rayos de un oscuro sol. No se limitaba a las pecas y lunares que le salpicaban todo el cuerpo, ni al hecho de que Antar fantaseara trazarle, con los dedos, caminos que los unieran entre sí.

Era también, y sobre todo lo demás, la intensidad de su mirada, que proyectaba un fulgor con anterioridad latente. Un calor que animaba alguna estrella oculta: la estrella de Irene. Y Antar sentía que estaba descendiendo en espiral hacia ella. Irene brillaba. No con la pálida luz de una luna reflejante, sino con un resplandor propio que podría devorar planetas, pero que en cambio daba vida a lo que sus rayos tocasen.

Llevaban buen rato surcando las lagunas y riachuelos en una modesta canoa. Irene le había asegurado que era más probable atisbar animales de esta forma, que adentrándose en la naturaleza sobre un ruidoso bote motorizado. Antar agradecía la sensación de intimidad que les proporcionaba, tan solo mancillada por la presencia de Chepe, su amable guía y barquero costarricense.

La pericia del hombre era evidente; Chepe los había internado en lo que parecía ser —en la inexperta opinión de Antar—, nada más que una confusa madeja de verdor selvático, y la había transformado en un tejido de escondrijos que revelaban ante sus ojos toda clase de reptiles escurridizos, aves vigilantes —prestas al súbito vuelo—, perezosos que aportaban un nuevo sentido al concepto del tiempo, y monos que ejecutaban acrobacias increíbles desde el ramaje más elevado.

Aunque le costara admitir para consigo mismo que aquel espectáculo natural palidecía a un lado de Irene, era innegable que su atención había sido capturada de forma casi exclusiva por la mujer y que, por más que ella misma pareciera una criatura fantástica moldeada por etéreas fuerzas de la selva, su presencia no se disimulaba hasta confundirse con la floresta, sino que, por el contrario, sobresalía como el más espléndido de sus ejemplares.

Ni qué decir de su conocimiento sobre aquellas criaturas, que destilaba en unas cuantas palabras bien dichas. A veces, cuando le emocionaba algún animal en particular, la mirada se le hacía perdidiza, y sus descripciones se alargaban hasta terminar en murmullos que parecían estar dedicados más para ella misma que para sus oyentes.

La canoa atravesaba una lagunilla bordeada por riberas colmadas de vegetación cuando, de pronto, Chepe e Irene se quedaron paralizados como por algún hechizo invisible. Ante la repentina inmovilidad de Chepe, la embarcación quedó a la deriva, flotando sin impulso sobre las aguas más negras que Antar había visto jamás en su vida.

Buscó a su alrededor por alguna señal que le ayudara a comprender lo que sucedía, pero solo se encontró con que el rostro de Irene había palidecido repentinamente, y ahora albergaba facciones desprovistas de vivacidad. Sus labios entreabiertos dejaron escapar un soplo de aire casi inaudible, y Antar hubiera creído posible que la joven estuviese a punto de desmayarse de no ser porque sus ojos cobrizos brillaban con una vehemencia que juraba nunca haber presenciado en otro ser humano.

Por un instante —que, con toda certeza, quedaría congelado en su memoria para siempre—, Antar pensó que el rostro embelesado de Irene era lo único que jamás necesitaría para comprender el sentido de la vida. Un sentido que cobró aún más fuerza cuando Irene llevó su dedo índice lentamente hasta su boca, donde sus labios formaron el más sutil de los besos, implorando por un silencio que Antar no hubiera osado romper de cualquier forma.

El instante huyó a través del torrente imparable del tiempo; se esfumó justo cuando Irene levantó su otra mano con idéntica cautela para señalar algo en la dirección opuesta y la mirada de Antar siguió su guía sin reparo. Miró aquellas aguas de obsidiana que se extendían más allá de la canoa y que reflejaban la imagen exacta de los lánguidos helechos. Incapaz de encontrar en el paraje algo que considerara digno de semejante alharaca, Antar se sintió presa del pensamiento de que quizás Irene y Chepe eran capaces de ver algo que a él le resultaba imposible.

Entonces, cuando aquella noción amenazaba con transitar del absurdo a la posibilidad, Antar lo vio. Al otro lado de la laguna, en la ribera más lejana del punto donde se hallaban flotando sin propósito, había algo entre la espesura esmeralda que se movía fuera del compás de la brisa. Poco a poco, Antar comenzó a distinguir su forma, como si le estuviese siendo revelada en una visión: un enorme felino yacía frente a ellos, con la cabeza gacha sobre el borde del agua. Un soplo de aire escapó de los labios de Antar, tal como le había sucedido a Irene segundos antes.

- ¿Es un...? – Antar comenzó a susurrar la pregunta sin poder concluirla.
- Sí. – afirmó Irene con otro murmullo, apenas audible. – Un jaguar.

Sin desviar su mirada de aquel punto en el que convergían todos los ojos de los presentes, Chepe levantó su mano con sigilo, para indicarles que se mantuvieran en silencio. Antar e Irene hicieron caso sin chistar, y el sosiego que solo se consigue por medio de la ausencia del barullo humano se posó en la jungla.

Todos los sentidos de Antar se concentraron en la magnífica criatura que saciaba su sed con el agua dulce de la lagunilla. Su pelaje ambarino, salpicado de manchas, se deslizaba de manera casi imperceptible sobre sus músculos, los cuales se contraían y distendían para generar aquellos elegantes movimientos tan característicos de su especie.

Cuando Antar creía que su estupor no podría intensificarse un ápice más, el jaguar levantó su poderosa cabeza y posó su mirada en los tres observadores. El fuego en sus ojos lo tomó desprevenido, despojándolo de toda sensación de cordura; nada existía fuera de los confines de aquellas circunferencias doradas.

Pero fue su nobleza, proyectándose desde un interior insondable a través de aquellos ojos, lo que sacudió el núcleo de su ser, haciendo vibrar su espíritu con la certeza de que había viajado cientos de kilómetros tan solo por vivir ese instante; por ese momento en el que, aseguraba, su espíritu había vuelto a casa.

De pronto, el jaguar se agazapó y retrocedió con agilidad hasta desaparecer tras la espesura. El manglar recuperó su aspecto inescrutable, y cualquiera que fuese el hechizo que atrajo al jaguar fuera de su guarida, se desvaneció sin dejar rastro. De no ser por la presencia de Chepe e Irene petrificados a su lado, compartiendo su misma expresión atónita, Antar podría haber creído que aquello no había sido más que una ilusión.

- *Mae*[8]...Es usted muy afortunado. No es común ver un jaguar fuera del sector de Jalova. – afirmó Chepe.

- ¿Jalova?

- Sí, – contestó Irene, aún con la mirada puesta sobre el punto en el que se había desvanecido la

---

[8] *Mae* es un vocablo comúnmente usado en Costa Rica, Nicaragua y Honduras para referirse de manera informal a cualquier persona, sin importar su género.

criatura. – Es una sección de Tortuguero fuera de los límites permitidos para el turismo. Fue cerrada precisamente para proteger el hábitat del Jaguar.

Escudriñó el rostro deslumbrado de Irene y, de improviso, comprendió la confesión descrita en sus rasgos.

- ¿Nunca habías visto uno? – preguntó, sorprendido.

- No... – Irene le devolvió la mirada, como si saliera de un trance. – Aunque no es algo extraño, considerando el tiempo que llevo en Tortuguero, y que me la paso en la playa fuera de esa sección.

Antar cayó en la cuenta de que no le había preguntado cuánto tiempo llevaba viviendo en el poblado costarricense.

- ¿Desde cuándo estás aquí?

- Voy a cumplir un mes.

- Ah, tienes poco viviendo en Costa Rica...- dijo Antar, declarando lo obvio.

Irene frunció el ceño, en señal de aparente confusión.

- El voluntariado para asistentes de investigación dura un mes y medio solamente. De hecho, faltan pocas semanas para que regrese a México.

Un silencio se posó entre ellos, mientras Chepe retomaba su curso sobre las calmas aguas. Las implicaciones de lo que afirmaba Irene se asentaron, una a una, poco a poco, en la mente de Antar.

Había considerado asombroso el hecho de que ambos coincidieran en un mismo lugar –remoto e improbable como lo era Tortuguero, sí–, pero, por alguna razón inexplorada, había dado por sentado que azares del destino lo habían llevado a *él* a donde vivía Irene. Considerar que habían coincidido en un espacio ajeno a ambos, en un estrecho margen de tiempo, era algo que escapaba su entendimiento.

La mirada esquiva de Irene le hizo creer que aquel tren de pensamiento le había cruzado la mente mucho antes que a él.

- No me has contado, ¿qué es lo que te trajo a Tortuguero? – Antar inquirió, en un intento por indagar más. ‑ O mejor dicho, yo no te lo había preguntado... – añadió, admitiendo lo evidente una vez más.

Irene continuó evadiendo su mirada. Sus ojos escudriñaron un jardín de lirios acuáticos que se expandía varios metros a un costado de la canoa.

- Pues...Como bióloga, siempre me he enfocado en especies en peligro de extinción, pero no había hecho trabajo de campo desde que iba en la universidad. A partir de que me gradué, me dediqué a la academia. Tenía muchas ganas de salir, de ensuciarme las manos; de *hacer* algo por ellos en lugar de solo investigar y escribir disertaciones interminables. Leí sobre la labor de Archie Carr, uno de los padres fundadores de la STC[9], y decidí venir a Tortuguero, donde todo inició.

Antar sonrió. Irene siempre había sido etiquetada de *nerd*, de ratón de biblioteca, por sus compañeros de preparatoria; pero nada en el mundo tenía más sentido que ella bañada en la luz de la Luna o del Sol, cubierta de arena hasta las rodillas, protegiendo el mundo que tanto amaba.

- Y tú, ¿cómo es que viniste a dar a Tortuguero? – el ceño de Irene se frunció al tiempo que sus labios dibujaban una curiosa sonrisa.

Antar echó un vistazo aprensivo en dirección de Chepe. Fue invadido por el repentino deseo de tener esa conversación en privado.

- Tú misma lo dijiste ayer. Estoy buscando inspiración.

---

[9] Sea Turtle Conservancy

No era una mentira; simplemente, no era toda la verdad. Y lo que importaba ahora era la reacción de Irene ante aquella respuesta con que descaradamente pretendía provocarla. El rubor que se esparció con rapidez por todo el rostro de la joven, le resultó tan satisfactorio que pudo haberse conformado con éste como única réplica.

- Sí...Lo siento; eso debió haberte sonado raro. Una vez vi una entrevista que diste en la tele. Esas palabras se me quedaron grabadas, no sé por qué.
- ¿Por qué lo sientes?

Los labios entreabiertos de Irene permanecieron inmóviles, con la promesa de una respuesta que no logró escapar de ellos. Finalmente, se encogió de hombros. Era suficiente para él; al menos, de momento. Antar tampoco había respondido realmente a su pregunta. Pero algo en él quería hacerlo. No en presencia de Kwame, ni de Chepe, ni de nadie que no fuera la selva e Irene. Solo Irene. Aquellas conversaciones en trío realmente lo estaban comenzando a irritar.

- Y tú, ¿has encontrado inspiración aquí? – inquirió Antar, en un intento por redirigir la charla.
- ¿A qué te refieres?
- Sí, me imagino que todavía escribes. Eras muy buena.

En el preciso momento en el que terminó de pronunciar la frase, al tiempo que la perplejidad en los ojos de Irene se hacía evidente, Antar supo que había cometido un error. De pronto, la sorpresa de Irene dio paso a otro sentimiento sobre su rostro, esta vez inescrutable. *¿Acaso era rabia? ¿Indignación?* Al parecer, su error era grave.

Los segundos pasaron con una pesadez casi insoportable. Antar se preguntó si el silencio de Chepe se debía a que no vislumbraba animales interesantes a la redonda, o a que podía percibir la tensión en el ambiente tanto como él. Sin importar la respuesta, Antar deseó con todas sus fuerzas que los interrumpiera con la noticia de alguna criatura que pudiera distraerlos. Pero Chepe permaneció callado.

- No. – respondió Irene, al fin. – No escribo nada desde la prepa[10].

Antar conjuró toda su voluntad para sostener la mirada severa en los ojos de Irene. Su desesperación por retractarse era abrumadora. Pero sabía que era muy tarde. *¿Cómo podía ser tan pendejo que, de entre todos los recuerdos que tenía de ella, había tenido que invocar al peor de todos ellos?*

---

[10] Escuela preparatoria.

- Pues, deberías hacerlo. Siempre fuiste buena escribiendo.

Era una afirmación estúpida, Antar lo sabía. Pretendía, con inimaginable torpeza, restarle importancia a aquel recuerdo; borrarlo de la conversación, como si no hubiese quedado implícito desde que abordara el tema.

Irene se limitó a resoplar con ironía. Más que evitar su mirada en esta ocasión, pareció ignorar su mera existencia. Continuaron el trayecto en silencio, con la excepción de las intervenciones de Chepe para señalarles la ubicación de basiliscos que los miraron con recelo desde las ramas, tortugas de río que tomaban el sol sobre las piedras cercanas a la orilla, caimanes que abandonaban el agua con gracia para explorar el suelo terregoso, y un oso hormiguero incauto que descendía de un tronco.

Antar debía arreglar el asunto. Sabía que el tour estaba por concluir, y con éste, su tiempo en compañía de Irene. No podía dejarla ir así, enojada hasta el tuétano.

- Muero de hambre. ¿Te puedo invitar a comer? — preguntó Antar, en dirección de su compañera. Irene lo miró con desdén. Antes de que pudiera recibir una réplica, añadió, - Como agradecimiento por compartir conmigo tus conocimientos.

85

- Al que deberías agradecer es a Chepe. Él es quien conoce mejor Tortuguero; si no hubiera sido por él, no habríamos visto gran cosa.

Antar fue invadido por la certeza de que si Chepe aprovechaba el exabrupto de Irene como una invitación, tendría que hacer uso de toda su voluntad para no golpearlo en la cara. O golpearse a sí mismo, por imbécil.

- Gracias, señorita, pero tengo otro cliente esperándome en La Culebra[11]. – respondió Chepe, no sin antes lanzar una jocosa carcajada.

Quién lo diría, pensó Antar. Al parecer, Chepe era la única persona sensata a bordo.

- Pero vayan, vayan. Los puedo dejar en el trayecto de regreso para que no tengan que caminar.
- ¿Hay algún lugar que nos recomiendes, Chepe? – preguntó Antar, pretendiendo que si daba por sentado el asunto, Irene le seguiría la corriente.

Cuando menos, Chepe lo hizo, y aunque Irene no parecía muy convencida, tampoco chistó cuando éste encaminó la canoa hacia el poblado.

Llegaron a una terraza techada junto al canal. Chepe los instó a probar la cerveza costarricense y les aseguró que si volvían por la noche se encontrarían con buena música para bailar. Antar evitó echar un vistazo para ver la

---

[11] La Culebra es considerado el embarcadero principal de Tortuguero.

reacción de Irene ante la sugerencia, asegurándose a sí mismo que se encontraría con su peor mirada desdeñosa.

Cuando estaban a punto de descender de la canoa, Chepe, al parecer insatisfecho con el nivel de incomodidad que había logrado con sus recomendaciones, se inclinó hacia Irene en actitud conspiradora y exclamó,

- ¿Le echó macuá al mae?

Intrigado, Antar lanzó una mirada a Irene, cuya inmediata respuesta fue pelar los ojos al tiempo que un feroz sonrojo le coloreaba el rostro. De pronto, la mujer soltó una carcajada que intentó contener sin éxito.

- ¿Qué? ¿Cómo cree, Chepe?
- Ande, no se haga el chancho...
- ¡Qué cosas dice, eh, qué bárbaro!

Irene soltó una última risilla antes de despedirse y desembarcó sin más preámbulos. Antar le dirigió una mirada inquisitiva, que la joven logró evadir.

Una vez fuera de la canoa, los ojos de Antar fisgonearon el recinto recomendado por Chepe. Se trataba de una simple pero espaciosa construcción conformada por tres paredes que soportaban un techo de lámina a dos aguas. En lo alto, justo en la punta formada por las láminas, colgaba un letrero que leía, "Bar, Taberna" en coloridas letras. La parte frontal del local se hallaba completamente abierta hacia el canal, proporcionando una idílica vista del paisaje desde las altas mesas acompañadas de sus respectivos taburetes de madera.

Las paredes, de color negro, ostentaban figuras pintadas en colores neón, de entre las que destacaba una simpática rana recostada con pereza en una copa de Martini bajo la leyenda, "Vale un banano", que Antar intuyó, significaba que a la criatura verde ya no le importaba nada.

Aunque sencillo, el recinto poseía un encanto caribeño. Además, tal y como había apuntado Chepe, su atmósfera prometía convertirse en un lugar ideal para bailar una vez caída la noche. No es que eso fuera algo particularmente conveniente, considerando que Antar no era bueno bailando, además de que, con toda probabilidad, Irene no querría bailar con él. O eso se afirmó Antar en silencio.

La tarde era joven; apenas había un puñado de comensales refrescándose con platos de mariscos y tragos de colores llamativos. Antar e Irene eligieron una mesa justo a un lado del barandal que separaba la terraza del canal y, siguiendo una vez más la recomendación de Chepe, ordenaron una cerveza. Según Irene, era tarde para el almuerzo costarricense, pero en México apenas estarían comiendo y Antar sentía que las tripas le rujían, así que no vaciló en pedir los platillos más vastos del lugar.

- ¿Qué fue lo que dijo Chepe?

Irene, quien tenía la mirada perdida en los esteros vírgenes al otro lado del canal, le devolvió un par de ojos impenetrables.

- ¿De qué hablas?

Antar apretó los labios para formar una sonrisa socarrona. Al parecer, Irene planeaba fingir ignorancia.

- Justo antes de bajar del bote, Chepe te dijo algo. No entendí qué fue, pero te pusiste toda roja.

Si Irene pretendía hacerse la disimulada, él iría a la ofensiva. La joven se encogió de hombros.

- Nada; puras tonterías. – echó la mirada al cielo y, antes de que Antar pudiera insistir en el tema, añadió, - Pero Chepe es el mejor guía que conozco en Tortuguero. Conoce los rincones donde es más probable ver animales sin ser intrusivo…Espero que el recorrido te haya servido para tu libro.

Antar dejó pasar un instante antes de contestar, el cual aprovechó para observarla. Hurgó en sus ojos por alguna señal que le confirmara si valía la pena insistir en el tema o si era mejor seguirle la corriente. Optó por la segunda opción.

- Por supuesto que me sirvió. Ver al jaguar fue…Algo que no se puede describir con palabras.

Una mueca torcida se dibujó en el rostro de Irene.

- ¿No se supone que los poetas son los encargados de describir con palabras aquello que los demás no pueden?

Antar soltó una carcajada.

- *Touché.* Esa es la misión. Pero todo comienza a partir de una emoción de lo más pura e irracional. Mi trabajo es destilar esa emoción a través del lenguaje, hasta formular una poción capaz de hacer que quien la pruebe pueda sentir lo mismo. Que pueda transportarse hacia un lugar de su alma idéntico al que yo visité en la mía; al origen de todo lo que nos une como seres humanos. Una esencia infinita que nos conecta a través de tiempo y del espacio. Eso que hace que puedas leer las palabras de un poeta muerto hace mil años y sentir que te conoce mejor que nadie.

El rostro de Irene parecía aturdido; perturbado por alguna fuerza desconocida.

- Kwame tiene razón. Eres todo un poeta.

*Kwame…*Antar no había pensado demasiado en el hombre hasta ese momento. Sus tripas se retorcieron como si fuesen estrujadas por una mano invisible. Se había asegurado de tener este tiempo a solas con Irene; lo que menos quería era traerlo a la conversación. Debía cambiar el tema. Pero entonces, su boca ignoró a aquel monólogo interno y, con lo que parecía ser voluntad propia, articuló palabras que deseó haberse tragado inmediatamente después,

- Ese Kwame...Es un buen tipo, ¿no?

Una amplia sonrisa iluminó el rostro de Irene con un cálido resplandor.

- Sí, es una de las personas más interesantes que he conocido. No, no solo eso... – negó con la cabeza, como reprendiéndose a sí misma por no hacerle justicia con sus palabras. – Es de las personas más nobles que existen. Kwame no tiene una pizca de malicia, en serio. Tiene corazón de niño. Todo lo que hace lo hace con amor, con pasión y no le da miedo trabajar duro por ayudar a los demás.

- *Wow...*

Fue lo único que pudo decir Antar, invadido por una desquiciante mezcla de arrepentimiento por haberlo invitado a ser el tema de conversación, negación ante la envidia que le hacían sentir las alabanzas de Irene, y rabia hacia sí mismo por no saber cómo deshacerse de todos esos sentimientos para encaminar la charla en direcciones menos enervantes.

- ¡Sí! La verdad es que es admirable. Imagínate, ayudó a que el negocio de su familia saliera adelante desde que tenía once años, al mismo tiempo que estudiaba. Y ayudó a sus tres hermanos menores para que también pudieran terminar sus estudios. Sus padres tienen un bote en las Bermudas y se han dedicado al turismo por generaciones, pero con todo y que han pasado por momentos muy difíciles, Kwame se interesó por el tema del ecoturismo y sobre cómo mantener el negocio...¡A flote! <¡valga la expresión!> de manera que no dañara las playas ni las aguas de la isla. Su historia es muy interesante... – lanzó una repentina carcajada, con la mirada puesta en el canal. – Además, es chistosísimo, ¡me mata de risa! Es de las personas más alivianadas que conozco.

- Sí, se ve que se llevan muy bien. – afirmó, intentando no morderse el interior de una mejilla en el proceso. – ¿Se conocieron aquí en Tortuguero?

- Sí. ¡No pude haber deseado por un mejor compañero!

- ¡Qué bien! Además, el chico no está de mal ver, ¿no?

Las cejas rectas de Irene se juntaron de pronto hasta fruncirle el ceño.

- Amm...Sí, es guapo... - se encogió de hombros y sonrió con franqueza.

Antar asintió con la cabeza una vez. Hizo una pausa antes de decir,

- Me da gusto. - *¡Claro que no!*, escuchó a su consciencia protestar. – Te ves contenta.

Irene continuó observándolo con el ceño fruncido, pero una traviesa sonrisa le hizo compañía de repente.

- Kwame no es soltero...Si eso es lo que quieres insinuar.

- Oh, qué lástima. – escuchó a su consciencia emitir algo que empezaba en un suspiro y terminaba en una especie de gruñido animal. - ¿Y es algo serio? ¿Está casado con ella?

- No, no está casado con *él*.

- Oh, - Antar sintió que el pecho se le henchía con lo que estaba seguro era el puro aliento de la victoria. – Es gay...

La joven le dirigió una mirada condescendiente.

- Ya que te interesan tanto las etiquetas...Y la vida sexual de mi amigo... No, Kwame no es gay; es bisexual.

- ¿Quién dice que me interesan las etiquetas? Solamente estaba reconociendo la buena química entre ustedes. No me imaginé que le gustaran los hombres, no tiene la pinta.

La boca de Irene se abrió para revelar su perplejidad. Antar deseó golpearse a sí mismo en la pierna. En verdad, se estaba luciendo. A este ritmo, Irene iba a pensar que estaba hablando con un cavernícola.

- Pues buena pinta sí tiene, y eso es lo de menos porque es un hombre increíble. Si no fuera porque está prácticamente comprometido con su novio, estaría muy interesada en él.

- ¿En serio? ¿Podrías estar en una relación con alguien a quien le gustan mujeres y hombres?

- ¿Es seria la pregunta? ¿Qué rayos importa?

- ¡No sé! Es una pregunta sincera, no todas las mujeres piensan igual que tú.

- Quizá no las mujeres que tú frecuentas.

Antar podría gritar de frustración. Por lo regular, no era tan torpe para conversar.

- Eso es un golpe bajo, Irene.

Ni siquiera conoces las mujeres que frecuento, y *¡Vaya manera de generalizar!*, fueron réplicas que le cruzaron la mente, pero decidió callarlas ya que, de alguna forma que no imaginaba, eran tiros que podrían salirle por la culata.

- Pero está bien. No insistiré con mis preguntas *retrógradas*. – echó la cabeza hacia atrás con dramatismo.

Irene se cruzó de brazos y colocó la mirada en su punto favorito del paisaje; ese al que viajaban sus ojos cada vez que evadía los de Antar.

- Mejor cuéntame, ¿por qué dices que está "prácticamente comprometido"? – sus dedos dibujaron comillas en el aire.
- Porque no es posible para ellos casarse en Bermudas. Ya habían legalizado el matrimonio igualitario, pero revirtieron la decisión hace poco. A Kwame le parte el corazón. Su sueño es casarse en su país, rodeado de su familia y sus amigos. Pero no puede hacerlo porque algunas personas tienen el suficiente tiempo, influencias y mala voluntad para dedicarlos a impedir que dos personas del mismo sexo se profesen su amor con los mismos derechos que un hombre y una mujer.

Antar se quedó sin palabras. Escogió su propio punto favorito del paisaje y dejó que su mirada vagara por ahí. El Sol aún se hallaba alto en la bóveda celeste, turnándose entre esconderse tras las nubes y asomarse por los claros se formaban entre ellas, al ritmo de una canción solo audible para el astro rey. Antar pensó en lo bello que debía ser presenciar el atardecer desde aquella terraza y deseó, por un momento, que Irene no tuviera que regresar a la estación.

- ¿Te imaginas eso? – la voz de Irene lo regresó al presente. - ¿No poder casarte con la persona que amas?

- Bueno...En realidad, ¿cuántas personas se casan con la persona que aman? O mejor dicho, ¿cuántas personas casadas realmente se aman? Pero entiendo lo que dices. Te refieres a no poder hacerlo porque alguien más decide prohibirte lo que debería ser un derecho humano.

Irene lo miró, pensativa.

- Exactamente. – hizo una pausa, que aprovechó para dar un sorbo a su cerveza. – Entonces, no crees en el matrimonio, ¿eh?

Antar sintió como si los pulmones se le encogieran de repente.

- No, yo...No es lo que quise decir. Creo que el amor y el matrimonio pueden convivir en un mismo espacio y tiempo. Pero es una situación elusiva. Es menos común de lo que mucha gente quiere admitir. ¿Cuántas personas de nuestra edad no conoces que se casan por todas las razones que se te puedan ocurrir antes que por tenerse un amor sincero?
- Bastantes. Yo estuve muy cerca de hacerlo.

Antar no esperaba eso. En definitiva, debía dejar de dar por sentado que la Irene que había conocido tantos años atrás permanecía inmutable.

- ¿Estuviste comprometida?
- Sí. Hace poco, de hecho. Fue mi compañero de facultad muchos años. Nos llevábamos bien, lo admito. Hasta vivimos juntos un tiempo.

Irene habló con los ojos puestos en el líquido ámbar de su cerveza, mientras jugueteaba con las gotas que escurrían sobre el vidrio de la botella.

- El año pasado me pidió matrimonio. De la nada, apareció el resto de mi vida entera frente a mis ojos. Sé que voy a sonar nefasta. Pero con él, todo estaba escrito. Sabía cómo quería que fuera su boda, cuántos hijos quería tener, en qué escuelas iban a ir, qué iba a hacer con su carrera y, de paso, qué haría yo con la mía. Supongo que algunos sueñan con ese tipo de estabilidad. Pero, por extraño que suene, la falta de incertidumbre hizo que me temblaran las rodillas. Solo de pensar en que toda mi vida estaba trazada, se me revolvía el estómago. – subió un par de tímidos ojos hasta encontrar los suyos. – Debes pensar que soy de lo peor.

- No tengo por qué juzgarte. – Antar le ofreció una tenue sonrisa. - ¿Lo amabas?

- No sé si la respuesta sea muy satisfactoria. Yo creo que lo amo todavía, en el sentido de que realmente le deseo lo mejor, a pesar de lo mal que acabaron las cosas...A pesar de todas sus palabras hirientes. En verdad, deseo que encuentre lo que busca; lo que necesita. Pero nunca me sentí enamorada.

- Oscar Wilde decía que uno siempre debe estar enamorado, por eso mismo uno nunca debe casarse. – dijo casi en un murmullo; más para sí mismo que para Irene.

- Oh, pero, ¡eso es muy triste! – Irene soltó una risa acongojada.

- Lo sé. Pero no creo que siempre sea cierto. Estoy seguro de que hay personas que logran transformar el amor a través del tiempo. Hay quienes encuentran el elixir de la vida y lo renuevan con cada estación.

- La ironía es que suelen ser personas como Kwame las capaces de hacerlo, ¿no? – añadió ella.

  – Personas con una pureza de corazón enorme, pero que, con demasiada regularidad, encuentran todos los obstáculos posibles en su camino.

- El nuestro es un mundo paradójico. – concedió Antar, antes de dar un último sorbo a su cerveza.

  – Menos mal que existen personas como tú que se dedican a salvar lo poco de bueno que queda en él.

- Antar, no estoy salvando el mundo.

Irene no sonaba molesta; si acaso era melancolía lo que se asomaba entre sus palabras.

- Entonces, ¿qué estás haciendo? – preguntó Antar, con genuina curiosidad.

La joven tomó su tiempo para reflexionar su respuesta.

- No lo sé. – dijo, al fin. – A veces, tengo la sospecha de que al mundo ya no le queda tiempo. Al menos, no al mundo como lo conocemos. A veces, siento que es demasiado tarde.

- Entonces, ¿por qué lo haces?

- No lo sé...Tal vez solo lo haga para tener la consciencia limpia. Supongo que eso lo convierte en un acto egoísta.

Antar echó un vistazo al canal, donde un bote flotaba plácidamente, llevando a bordo un grupo de jóvenes entusiasmados que tomaban fotos y video con sus celulares o cámaras.

- Me rehúso a creer eso. – afirmó. – A lo mejor hay un poco de verdad en lo que dices, y todas nuestras acciones se basan en algún grado de egoísmo. Pero yo sé que tú sabes amar sin condiciones. Yo sé que nadie te tiene que dar las gracias para que sigas ayudando y que, lo reconozcas o no, lo que te motiva es un amor que pocos saben compartir...O inclusive comprender.

Entonces, vio cómo una fina capa de lágrimas cubría los ojos de Irene; lágrimas que permanecieron ahí, renuentes a desembocar en ríos a lo largo de sus mejillas.

- ¿Sabes? Creo que hemos conversado un par de veces en mil años pero, en cada una de ellas, me impresiona lo mucho que pareces conocerme.
- ¿En serio? A mí me sorprende lo mucho que no sé de ti.

Irene soltó una risita, acidulada por las lágrimas que no podía soltar.

- ¡Lo sé! Nos conocemos de hace tantos años y, al mismo tiempo, nos conocemos tan poco...

No es demasiado tarde para hacerlo, deseó asegurarle. Pero Antar calló, temiendo que decirlo en voz alta maldijera la situación de alguna forma.

- Ya es tarde. – dijo la joven. Su afirmación fue una gota de líquido frío que recorrió la espalda de Antar, pero antes de que ideas inquietantes se formaran en su mente, Irene añadió, - Tengo que regresar a la estación. Pero mañana, al amanecer, vamos a recorrer la playa en busca de nidos, por si gustas acompañarnos. Si encontramos nidos en alguna zona de riesgo, debemos trascolarlos a una ubicación segura. Es un trabajo arduo; tenemos que excavar la arena bajo el sol y hacer toda la recopilación de datos necesaria...

- Claro que sí, cuenta conmigo. – replicó de inmediato.

Pidieron la cuenta y Antar se ofreció a acompañar a Irene hasta la estación. Antes de que abandonaran el lugar, Antar se volvió hacia ella y lanzó la pregunta por última vez,

- ¿Ya me vas a decir qué fue lo que dijo Chepe?

La sonrisa de Irene lo contagió, incitando a sus labios a formar una curva idéntica.

- No vas a dejar el tema en paz, ¿verdad?
- No.
- Está bien. – soltó las palabras al mismo tiempo que un largo suspiro. – Chepe me preguntó que si te había echado macuá.

Antar la miró sin parpadear, con la mente aún en blanco.

- Hay un pájaro que se conoce en Centroamérica como pájaro macuá. Vencejo rabihorcardo, es su nombre común, de la familia Apodidae. – añadió, más para sí misma que para Antar. – Se dice que los brujos de la zona hacen una pócima a partir de las plumas y nidos del pájaro macuá, que tienen varias propiedades mágicas. Y se acostumbra decir que "le echaron macuá" a alguien cuando está muy enamorado. – la joven tomó una bocanada de aire antes de continuar. – Así que Chepe me acusó de embrujarte...De enamorarte. Y cuando le dije que no era cierto, me dijo que no me "hiciera el chancho". El chancho es un cerdo, pero lo que quiso decir es que no me hiciera la disimulada…Vaya, que no me hiciera mensa.

- ¡Ah, ya veo! – fue lo único que pudo responder.

Ambos rieron con fuerza, al parecer incapaces de continuar la conversación de cualquier otra forma que no fuese a través de risas entremezcladas de nerviosismo y comicidad.

Mientras caminaban juntos en silencio por el sendero con dirección a la estación, Antar se preguntó si podría abandonar Tortuguero sin tomar a Irene entre sus brazos y besar aquellos labios que la memoria había guardado con recelo por años. Luego, se preguntó si eso sería lo único que haría.

Por último, ponderó cuál de las dos consecuencias que vislumbraba era la más aceptable con qué lidiar en el futuro: el arrepentimiento o la culpabilidad. Tras inhalar el aire húmedo de Tortuguero que contenía la sutil fragancia de Irene, decidió que la culpabilidad era una bestia dócil, mientras que el arrepentimiento era traicionero; gustaba de aparecer en los momentos más oscuros.

VI. La Fuerza

- Se está formando en el Atlántico.

Kwame observó la animación computarizada de un cúmulo de nubes que giraba en espiral bajo el dedo índice de Mariam. La joven se llevó ambas manos a su largo cabello negro y lo ató en un despeinado chongo. Luego, añadió,

- Por la dirección que lleva, es probable que la tormenta llegue a la costa de Tortuguero. El pronóstico dice que se esperan fuertes vientos y actividad eléctrica.

Kwame lo había sospechado desde la noche anterior, durante su patrullaje de la playa en compañía de Irene y Antar. El firmamento nocturno les había ofrecido un espectáculo de acervos de estrellas que salpicaban la negrura a su largo y ancho, tan lejos como el ojo era capaz de ver. Pero si las semanas previas en Tortuguero servían de referencia, Kwame sabía que los cielos despejados no eran usuales en la región durante esta temporada.

La ausencia de lluvia en el día, solo había servido para convencerlo de que algo no estaba del todo bien. Era algo que había aprendido desde su infancia en Bermudas. Días despejados en temporadas lluviosas significaban, en ocasiones, tormentas inminentes. Y algunas veces, las tormentas precedidas por semejante calma resultaban ser de grandes proporciones.

- ¿Cuánto tiempo tenemos? – preguntó Kwame.

- Es muy pronto para saber. Pero yo diría que, si toma fuerza y continúa su curso actual, llegará a la costa en unas cuarenta y ocho horas.

- ¿Cancelamos las actividades de mañana?

- No, no creo que sea necesario. – le dirigió una sonrisa y le guiñó ambos ojos; un gesto típico de Mariam cuando quería confortar a los demás o restarle importancia a la situación. – Pero como medida preventiva, por favor ayúdame a revisar cada uno de los botiquines y kits de primeros auxilios. Irene puede ayudarte cuando regresemos de la actividad con los niños. Voy a hablar con Armando para que demos aviso a la comunidad.

Armando era el gerente encargado de toda la estación y, al igual que Mariam, era costarricense. La estación operaba mayormente gracias a ellos; eran dos de las personas más apasionadas con su trabajo que Kwame tenía la fortuna de conocer.

- También deberíamos aprovechar la actividad para repasar el protocolo de prevención en caso de tormentas con los niños y los padres de familia. – añadió Mariam, cuyos ojos negros se habían posado una vez más sobre el monitor de la computadora.
- Buena idea. *I'm on it!*[12]

Kwame tomó la carpeta que contenía el manual de prevención de uno de los estantes y lo introdujo en su mochila, junto con las hojas recicladas, crayones de colores, lápices y demás materiales que ocuparían los niños de la escuela Barra del Tortuguero, para quienes darían un taller sobre la tortuga baula.

Siguió a Mariam fuera de la estación. La escuela quedaba a poca distancia, por lo que podían prescindir del bote y caminar a través del estrecho sendero que llevaba al pueblo. Bordeado por plantas tropicales que lo separaban de los espaciosos jardines de un *lodge* a un costado, y de la playa al otro costado, la vereda se extendía en línea casi recta a lo largo de la paralela franja costera.

---

[12] Frase en inglés que se traduce de forma literal, *¡Estoy en ello!* Una forma de expresar que se va a realizar una labor o cometido.

Mientras caminaban en silencio, Kwame se preguntó si la tormenta afectaría a Bermudas de alguna manera. De momento, todo indicaba que no haría más que provocarles días lluviosos, pero nada era seguro aún. Llamaría a casa más tarde, para alertar a sus padres. También llamaría al celular de Jason, pero la posibilidad de que no contestara hacía que las tripas se le removieran de forma desagradable.

Había pasado más de medio día sin tener noticias de él. Más de dieciséis horas sin notificaciones de mensajes suyos en el celular. Más de dieciséis horas sin que Jason publicara en sus redes sociales fotos de hermosos paisajes bermudeños, o de los platillos que preparaba a diario él mismo y que disfrutaba presumirle a Kwame con el fin de que se le hiciera agua la boca —y que extrañara su isla. Más de dieciséis horas sin escuchar su voz a través de algún breve audio en el que le relatara una divertida anécdota o le compartiera algún chisme sobre su grupo de amigos.

Kwame sabía que estaba siendo ridículo. Dieciséis horas no era nada. *¿Cuánto tiempo solía pasar la gente de antaño sin saber de sus seres queridos cuando se hallaba de viaje?* En aquel tiempo en el que los mensajes eran de tinta sobre papel y las llamadas requerían de extensos cables que recorrían kilómetros de distancia...

Pero no podía ignorar que aquel silencio era la excepción a una regla diaria que el mismo Jason había establecido, quizá no con palabras, pero sí con acciones. Kwame nunca se lo había exigido, pero era inútil negar que aquellos mensajes habían alegrado, aún más, sus días en Tortuguero.

Los silenciosos colaboradores llegaron a la escuela en un santiamén, obligando a Kwame a pausar su turbulento tren de pensamientos. Sus edificios, de un solo piso y paredes color turquesa, se hallaban dispersos alrededor de un amplio jardín. La STC acostumbraba llevar a cabo este tipo de actividades en las que hacía partícipe a la comunidad del poblado, en especial a los niños y jóvenes. Kwame las disfrutaba infinitamente; los niños siempre lo hacían sonreír con sus ocurrencias y esa sabiduría tan propia de la infancia que escapaba a la mayoría de los adultos que conocía.

Para su sorpresa, vislumbró las siluetas de Antar e Irene aproximarse en la distancia, por el sendero que venía del pueblo. *¡Cómo había podido dudar de la puntualidad de Irene!*, se reprendió a sí mismo. Kwame había sospechado que llegaría tarde de su cita con Antar. *Okay, de su tour,* se corrigió a sí mismo al escuchar el reproche en la voz imaginaria de Irene resonando con precisión dentro de su cabeza.

Irene lo saludó desde lejos con un gesto de su mano. Antar, por su parte, le dirigió una sutil sonrisa, cuyo sentimiento no alcanzaba a reflejarse en sus ojos. *Tanta hostilidad,* pensó Kwame, reprimiendo la mueca que deseaba emerger en sus labios. Una vez cerca, Antar los saludó a Mariam y a él con brevedad, se despidió de Irene con un beso —más al aire que— en la mejilla y se dio media vuelta para marcharse por el mismo sendero por el que habían llegado.

- Viene una tormenta. – dijo Kwame a Irene, antes de que los tres se encaminaran hacia uno de los salones de clases.

La joven lo miró sin parpadear.

- ¿Peligrosa?
- Todavía no sabemos. Pero Mariam quiere que repasemos el protocolo con los niños.
- Claro, ¿ya han hecho alguna actividad al respecto?
- Sí, en la escuela refuerzan el tema todo el tiempo. – afirmó Mariam. – Podemos hacer un concurso en el que respondan preguntas sobre qué hacer en caso de tormentas o algo similar para hacerlo divertido.

Kwame e Irene asintieron. Se dirigieron al salón de clases para preparar todo el material mientras Mariam daba la bienvenida a los niños que comenzaban a reunirse en compañía de sus padres y hermanos.

- *Everything good[13], my Ace Girl?* – miró de reojo a la joven, que volvía a mostrar ese semblante ceñudo, tan atípico en ella hasta apenas el día anterior.

Irene lo miró como si sus palabras la hubiesen despertado de un trance. Pero, pronto, el sobresalto abandonó su rostro, sus ojos recuperaron su tamaño normal e Irene pretendió sacudirse la pregunta con un encogimiento de hombros.

- Claro. Todo bien. ¿Por qué la pregunta?
- Te ves rara. ¿No te fue bien con *your boy, Mr. Handsome[14]*?

Kwame pensó que el ceño de Irene no se podría fruncir aún más, pero lo hizo; aunque el nuevo título con que había nombrado a Antar le sacó a la chica un sonido que empezó como un bufido y terminó en una risotada.

- *Mr. Handsome...* – la joven lanzó un suspiro mientras negaba con la cabeza en son de resignación. – Sí, sí me la pasé bien. Bueno, al menos cuando no se estaba portando como un completo idiota...

---

[13] "¿Todo bien?", en inglés.
[14] "Tu chico, el Sr. Guapo".

- *Ace Girl,* – Kwame suspiró por su cuenta. – Admito que tienes buen gusto para... - movió su palma abierta frente a sí mismo, de arriba abajo, para señalar su rostro en lo que daba con la palabra correcta. - ...La apariencia. Está guapo, y *okay*, es poeta, pero no sé si su corazón está en el lugar correcto.

- ¿A qué te refieres? – preguntó Irene, mientras pegaba un pliego de cartón acerca de la tortuga baula sobre una de las paredes.

Kwame vaciló por un momento. Quizás, estaba siendo entrometido, y lo que menos quería era molestar a Irene.

- Es un poco...Posesivo. – dijo, sin poder refrenarse. – Veo que está muy interesado en ti, pero hay algo que no me gusta. Siento que se guarda cosas. Cosas con las que carga.

Irene posó sus bellos ojos cobrizos sobre los suyos. Tomaron refugio ahí. Kwame los observó de vuelta, reparando en el sinfín de tumultuosos pensamientos que se reflejaban a través de ellos. El momento fue interrumpido por la entrada de Mariam al salón, acompañada de un grupo de niños y unos cuantos adultos.

- ¿Platicamos después? – propuso la joven.

Kwame asintió con la cabeza.

- Y te cuento cómo estuvo todo. ¡Ah! Casi olvido decirte, – el rostro pecoso de Irene se iluminó con repentino entusiasmo. – ¡Vimos un jaguar!
- ¡No! – exclamó Kwame, incrédulo. – ¡Dejaste fuera lo más importante!

Irene arrugó su nariz y le sacó la lengua, arrebatándole una carcajada.

- ¿Tú estás bien? – le preguntó, enseriándose de repente. – También te ves raro.
- *Yeah*, no es nada. – afirmó, aunque debía admitir que sintió una calidez envolver su corazón ante el hecho de que Irene lo supiera descifrar tan bien. – Hablamos después.

Irene le dirigió una sonrisa que, Kwame sabía, estaba reservada solo para él. Era cálida y dulce; le provocaba la misma sensación que la de un tenue rayo de luz matutina sobre su mejilla, asomándose por la ventana para darle los buenos días. Era una sonrisa extrañamente familiar, como las de su madre y su hermana pero, a la vez, única en el mundo.

Aunque le reconfortaba el alma, no podía sacudirse la aprensión que se iba acrecentando conforme transcurrían los minutos —las horas— sin saber de Jason. Kwame batalló por concentrarse en el presente, en Irene exponiendo las características de la tortuga baula como si contase un fantástico cuento a los niños y adultos que, sentados en el piso con las piernas cruzadas, se habían reunido en media luna a su alrededor.

Pero cuando menos lo esperaba, la mente de Kwame viajó a la última vez que había visto a Jason. Durante su última tarde en la isla, se apearon de su Honda Click 125 y se dirigieron hacia la Costa Norte, a uno de sus lugares favoritos. Dejaron su amada motocicleta roja con negro en el estacionamiento —también embarcadero—, y se adentraron en el Spanish Point Park.

Recorrieron la misma senda que habían caminado decenas —quizá, cientos— de veces, a través de tranquilos jardines, ignorados o desconocidos por los turistas, donde apenas unos cuantos grupos de amigos y parejas se reunían para hacer picnics o retarse en algún juego de mesa. Spanish Point Park era el bastión de una intimidad exigua en otras partes de la isla.

Caminaron por aquel sendero bordeado de mar, salpicado de brisa, y llegaron hasta la parte más retirada, lejos de los pastizales, donde las aguas de cristal se mecían calmas contra una escarpada escalinata formada por rocas. Tomaron asiento ahí, en el roquedal, donde solían pasar perezosos atardeceres, robándose besos y lanzando carcajadas sobre chistes que tenían sentido solo para ellos. Pero aquella tarde, el hurto se volvió desesperado y la hilaridad, más esporádica que de costumbre, les dejaba un sabor agridulce en la garganta.

Kwame recordó haber tenido la mirada clavada en el horizonte, más allá del mar aturquesado, sobre el diminuto pedazo de tierra que era la isla Cobbler's, cuando Jason le señaló las piedras que emergían del agua azul para formar un sendero entre el roquedal y aquel islote.

Incapaz de mirarlo a los ojos, le dijo que aquellos peldaños eran un camino, tal como lo era su inminente viaje a Tortuguero; lo llevaría a un destino que era solo para él, para Kwame. Pero le prometió que, sin importar qué tan estrecho o vasto fuera el mar extendiéndose entre ellos, siempre habría un sendero, un puente como aquel, hecho de arena nívea y arrecife, para conectarlos.

Kwame supo, en ese momento, que la promesa de Jason provenía de un sentimiento eterno. Su esencia le había infundido de fortaleza y determinación cada uno de sus días en Tortuguero. Le decía que no importaban las semanas ni los kilómetros de separación, mientras el corazón permaneciera al otro lado de aquel inquebrantable puente. Ahora, mientras lidiaba con el silencio de Jason que se extendía con cada nuevo segundo, Kwame se aferró a la fe en su promesa.

Un suave tirón de su playera lo despabiló de sus recuerdos. Miró hacia abajo y se encontró con un par de grandes ojos negros que lo miraban con timidez. Se trataba de una niña pequeña, de unos cinco o seis años, que sostenía un montón de crayones con una mano; la levantó y señaló con ella una hoja de papel con la silueta de una tortuga que se hallaba en el piso.

- ¿Quieres ayuda para colorear tu tortuga? – le preguntó Kwame, comprendiendo enseguida su petición sin palabras.

La niña asintió con la cabeza, al tiempo que sus ojos se iluminaban con entusiasmo. Kwame dobló las rodillas hasta acomodarse en el piso junto a ella, y juntos comenzaron a llenar de colores el caparazón.

Al cabo de unos minutos, un niño admiró la obra en proceso y decidió unírseles, poniendo toda su atención en la plática que entablaban Kwame y la niña con seriedad, en la que comparaban a las tortugas con naves espaciales que exploraban galaxias repletas de medusas, las cuales brillaban como atardeceres, o como tintas de colores con diamantina que caían dentro de un vaso con agua, o como las linternas y farolillos en las fiestas del Día de la Independencia…

Pronto, un grupo de niños se había reunido a su alrededor. Cada cierto tiempo, le mostraban sus avances a Kwame, o le preguntaban si tal o cual color era el indicado para la sección que se disponían a colorear. *¿Te gusta ese color?*, les preguntaba él, y cuando contestaban con la esperada afirmación, les respondía, *si a ti te gusta, es el color perfecto.*

- Eres buenísimo con los niños. – escuchó la voz de Irene en la cercanía.

Kwame levantó la vista. La muchacha se hallaba a un par de metros de distancia, resolviendo una disputa entre un niño y una niña sobre cuál dibujo era el mejor. Le pidieron que diera un veredicto, pero Irene declaró ambos ganadores y le dirigió a Kwame una sonrisa compungida.

- *You're not too bad yourself!*[15]

- Es broma, ¿no? ¡Mira nada más a tu club de admiradores!

La fascinación en la voz de Irene le arrebató una sonrisa.

- Años de práctica; tengo muchos primos y sobrinos pequeños.

- ¡Mira, Kwame, mira!

La pequeña niña que le había pedido ayuda, de nombre María Celeste, levantó con orgullo su obra finalizada frente a Kwame.

- ¡Está preciosa! ¿Cuál es su nombre?

---

[15] "¡Tú tampoco eres tan mala que digamos!".

La niña le regaló una sonrisa más resplandeciente que el Sol.

- Se llama Estrella.
- ¡Estrella! ¡Qué bonito nombre!
- Sí. Es como una estrella, ¡que viaja por el Universo!

María Celeste comenzó a ondear su dibujo en el aire, haciendo que su tortuga volara a través de aquel universo imaginario.

- ¡Gracias por ayudarme!

La niña se lanzó a los brazos de Kwame, lo estrechó con fuerza, se dio la media vuelta y corrió hasta donde se hallaban sus padres, a quienes mostró enseguida su dibujo de la tortuga Estrella.

Kwame sintió que el corazón se le henchía con una calidez inesperada. Era cierto que los niños parecían adorarlo. Siempre había sido el primo y tío favorito de toda su familia; quien los cargaba en su espalda y corría a través del jardín relinchando como caballo. Quien fingía ser un pirata fantasma en Halloween, y quien les había enseñado a nadar a todos. Y también era cierto que disfrutaba de su compañía tanto como ellos.

Desde que era pequeño, antes de que tuviera conocimiento de los nombres con que la sociedad lo encasillaría, mucho antes de que supiera que existían cortes que decidían quienes podían crear familias y quienes no, Kwame había sabido que un día sería padre. Su madre, quien supo lo distinto que era a otros quizá desde antes de que él mismo se diera cuenta, lo miraba con una dulzura entintada de melancolía cuando afirmaba que de grande tendría cinco hijos y tres perros.

Kwame tan solo podía imaginar que su madre guardase por años la secreta esperanza de que, al final, su hijo encontraría el amor bajo el caparazón de una mujer. Sin duda, así habría sido si alguna de sus ex novias hubiese resultado ser la indicada. Pero el amor de su vida había resultado tener forma de hombre, y si su madre llegó a albergar alguna vez semejante anhelo, jamás lo expresó en voz alta, ni mostró un trato hacia los dos novios que había tenido que pudiese ser considerado algo menos que encantador y afectuoso.

Ahora, aquello que había dado por sentado durante buena parte de su vida, ese sentido paternal que había creído núcleo de su esencia desde siempre, estaba en entredicho. Sabía que Jason también amaría ser padre, y tal vez eso era lo que más le dolía. Pensar en lo mucho que ambos podrían cuidar, proveer y amar, pero que quizá nunca tendrían la oportunidad de hacerlo. Al menos, no en Bermudas.

Le partía el corazón imaginar su vida fuera de la isla, lejos de sus padres, su hermana y hermanos. Apartado de su abuelo, sus tíos y tías; de unas raíces que se remontaban a los orígenes de la colonización de la isla. Emigrantes en contra de su voluntad, sus ancestros habían labrado con sus manos la historia de la tierra donde había presenciado cada amanecer y cada atardecer de su vida hasta que decidiera viajar a Tortuguero.

La posibilidad de verse forzado a partir de aquel lugar porque aún existían hombres que decidían qué personas eran más libres que otras, hacía que le doliera un corazón que, juraba, parecía ser más que suyo; era el corazón de su estirpe. *¿Pero quién era él para saber qué depararía el futuro?* A lo mejor, era parte de su legado buscar el lugar de su felicidad.

Jason había terminado sus estudios hasta la escuela preparatoria y, desde entonces, se había dedicado a trabajar como cocinero en el restaurante de su familia. Tenía el sueño —al que no daba crédito más que de una mera ilusión—, de convertirse en chef. Tal vez, si Kwame trabajaba duro y ahorraba lo suficiente, podría llevárselo a Londres, donde el matrimonio y la adopción para parejas del mismo género era legal, y donde podrían ejercer su derecho de residencia como ciudadanos británicos.[16]

Jason podría entrar a la Cordon Bleu London o a la Chef Academy, y Kwame abriría un restaurante para él. Trabajarían codo a codo, cada día de sus vidas, haciendo lo que amaban. Era cierto que Kwame extrañaría el mar, pero Jason sería su océano, su infinidad encarnada; la fuerza excepcional de la naturaleza contenida en la calma que era su abrazo.

Un suspiro escapó lentamente los pulmones de Kwame, y la vaciedad que dejó tras de sí, pareció extendérsele hasta el corazón. *¡Tantos sueños por cumplir ante tanta adversidad!* Quién sabía qué diría Jason sobre aquellas fantasías. Aunque romántico empedernido, sin duda era el más pragmático de los dos y el menos aventurero.

Mientras Kwame había crecido rodeado de padres y hermanos amorosos quienes lo habían apoyado en cada uno de sus pasos, Jason no había sido tan afortunado. Sus padres vivían en la negación, creyendo que su hijo superaría lo que debía ser una fase o que, en el peor de los casos, podría ser curado. Guardaban con recelo las apariencias, evadiendo hasta la más mínima alusión

---

[16] En virtud de la Ley de Territorios Británicos de Ultramar de 2002, todos los que eran ciudadanos del Territorio Británico de Ultramar al 21 de mayo de 2002 recibieron automáticamente la ciudadanía británica a partir de dicha fecha.

sobre la vida sentimental de su hijo, ya fuera en público o en la intimidad de su hogar.

De repente, el miedo se asió de la boca de su estómago. *¿Sería posible que hubiesen cambiado los sentimientos de Jason hacia él?* Tal vez la distancia los había menguado, de alguna forma. Quizás, había decidido que su amor por Kwame no valía la pena frente al problema que su relación le causaba con su familia.

No, ese no era el Jason que conocía. Medio día no era nada. Debía anteponerse a la paranoia. Cerró los ojos por un momento, e invocó aquel puente natural que emergía del lecho marino. Jason y él siempre estarían conectados.

Horas más tarde, el Sol se había ocultado tras la selva y los niños habían regresado a casa en compañía de sus padres. Irene y Kwame se encontraban en el muelle, a bordo de uno de los botes de la STC, de nombre Roxana, revisando la caducidad de cada uno de los artículos en el botiquín. La noche guardaba un silencio sobrecogedor, inclusive ahí, a orillas del canal repleto de vida salvaje.

- Estoy segura de que todo está bien. – lo confortó Irene. – Puede que esté teniendo mucho trabajo en el restaurante, ¿no crees? Tú mismo dijiste que está comenzando la temporada alta; deben estar llegando cada vez más vacacionistas.

Kwame exhaló con mayor estrépito del que hubiera querido. Irene le dirigió una mirada, al parecer, enternecida.

- Te entiendo; estás preocupado.

El hombre le dirigió una mirada escéptica.

- No, no entiendes. Tú nunca revisas tus redes sociales. ¡No sé cómo puedes pasar tanto tiempo sin saber de tu familia, de tus amigos!

Irene se encogió de hombros.

- Ya te lo he dicho. Si todo el tiempo estoy conectada de allá, me siento desconectada de aquí. Selvas y playas hay muchas en mi país; no vine hasta acá para estar dividida entre dos lugares distintos.

La mirada de Kwame se endureció, antes de devolverla a la caja de sulfadiazina de plata que tenía entre las manos.

- Bueno, tampoco es como que tenga una familia grande como la tuya. – los labios de Irene formaron una amarga sonrisa. – Solamente tengo a mi papá, y nos mandamos mensajes casi a diario. Pero de eso a ocupar mi tiempo en publicar fotos y escribir mis andanzas de cada día...No, prefiero guardar mis vivencias aquí. – señaló su cabeza llena de rizos con el dedo índice.

- Perdón, no quise ponerte incómoda.

Kwame se mordió el labio inferior, distraído de repente por su vergüenza hacia Irene.

- ¡No! No me incomodas, no te preocupes. Solo intentaba animarte; evitar que imagines cosas que no tienen sentido. Estoy segura que te contestará pronto. – esta vez, su sonrisa era franca. – O, si tienes un mal presentimiento, ¿por qué no le preguntas a alguien de tu familia o de tus amigos? Saben donde vive y trabaja Jason, ¿no? Tal vez se puedan dar una vuelta para ver cómo está.

La idea ya le había cruzado la cabeza. Pero algo, pesado y denso en la boca de su estómago, lo colmaba de miedo; lo persuadía con susurros inaudibles a postergar la llamada.

- Tienes razón. Lo haré cuando terminemos aquí. – mintió, aunque agradecía la intención de confortarlo. – Gracias. ¡Pero suficiente de mí! ¡Viste un jaguar! Cuéntamelo todo.

Las cejas de Irene se unieron para arrugarle el ceño sobre un par de ojos perspicaces, demostrándole a Kwame que no había sido engañada por su repentino entusiasmo hacia la idea de cambiar el tema. No obstante, lo complació.

Irene relató su encuentro con el jaguar con la minuciosidad y elocuencia que la distinguían cuando hablaba acerca de un tema que la apasionaba. Sus manos acompañaron sus palabras, describiendo una especie de danza sin música que enfatizaba sus emociones y que transportaron a Kwame a cada instante del avistamiento. Pero la luz en sus ojos se fue extinguiendo con sus últimas palabras y, al final, no quedó más que una sombra de la Irene enardecida.

- ¿Qué pasa, *my girl*?

Kwame cerró el botiquín —ya examinado a fondo—, lo guardó y se acercó a Irene.

- Nada. – replicó ella, pero Kwame pudo entrever, incluso bajo la tenue iluminación de la linterna, que las lágrimas se habían acumulado a borbollones sobre la superficie de sus ojos.
- Ya dime qué tienes. ¿Pasó algo con Antar?

Dos lágrimas, cual hilos plateados, cayeron a destiempo por las pecosas y redondas mejillas de la joven.

- No sé qué está pasando, Kwame. – su voz entrecortada hizo que se le estrujara el corazón al hombre. – ¿Qué significa todo esto? No entiendo qué hace Antar aquí, al mismo tiempo que yo, en la misma playa remota, donde jamás pensé ver una cara conocida. Donde pensé que podría...Alejarme. De todo. No entiendo...

A todas leguas incapaz de contener por más tiempo emociones que había llevado a flor de piel, Irene recargó sus codos en sus piernas y agachó la cabeza hasta ocultar su rostro entre sus manos. Kwame sintió cómo todo el temor que había cargado durante el día se concentraba en mil pensamientos funestos sobre Antar.

- ¿Qué te hizo? — espetó, en una voz mucho más recia de lo que hubiera deseado. — Dime qué te hizo, o haré que él mismo me lo diga.

- ¿Qué? No, Kwame, por favor, no te alteres. No me hizo nada.

- No puedes decirme eso. ¡Mírate! Algo está pasando y no me quieres decir. Tú dijiste que se portó como idiota, ¿qué fue lo que hizo?

Irene soltó un sollozo frustrado y miró hacia cielos imaginarios, al parecer, en busca de las palabras que no hallaba o que no sabía cómo externar.

- Kwame...No sé cómo explicarlo. Antar es más que un viejo conocido. Es incluso más que todo lo que te he contado.

La mujer lo miró fijamente a los ojos, quizá buscando algún indicio de que Kwame le permitiría zanjar el tema.

Pero éste no cedería. Algo estaba mal y no podía dejar que Irene cargara a cuestas aquella mortificación silenciosa.

- Antar... - un suspiro la abandonó, como si el simple nombre le robara el aliento. - ...Siempre ha estado ahí. No sé cómo explicarlo, sin sonar demente. Desde el momento en que lo vi por primera vez, sentí su existencia como la afirmación a una pregunta que me había acompañado desde que era niña, pero que nunca dije en voz alta.

Irene miró en dirección de la estación con visible inquietud. Kwame negó con la cabeza, adivinando y descartando su preocupación al mismo tiempo. Ya habían revisado cada uno de los botiquines y concluido todas sus tareas del día; no la dejaría usar el trabajo como excusa. Resignada, continuó,

- Toda mi vida he sentido como si algo, nunca he sabido qué exactamente, pero algo, una pieza de mí, no pudiera encajar en este mundo. Algo que me hace diferente en formas que no puedo comprender. Lo sentí desde pequeña, y aunque nunca me hizo aislarme por completo de la gente, ahí estaba, siempre presente. Hasta ese día.

Sus ojos se volvieron huidizos hacia una remembranza invisible; vidriosos detrás de un manto de lágrimas no derramadas.

- Lo miré y fue como si descubriera un color que no sabía que existía, pero con el cual había soñado antes. Estaba ahí, como una visión fantástica. No había cruzado ni una sola palabra con él, pero, de alguna forma, sabía lo que había en su interior. En aquel instante tuve la certeza de que sabía cómo pensaba, cómo veía la vida, los sabores que le gustaban, las cosas que le daban miedo, las creencias que consideraba más absurdas, las obsesiones que no lo dejaban descansar por la noche...

Lanzó una mirada tentativa en dirección de Kwame, como si buscara algún indicio de rechazo o incredulidad de su parte. Al no encontrarlo, intentó explicar lo que Kwame ya comenzaba a vislumbrar; aún cuando Irene lo encontrara impensable.

- No fue amor a primera vista, Kwame, porque no fue una primera vista. Si acaso, se sentía como la primera en una vida entre miles de vidas.

Su mirada cayó, cohibida, hacia su regazo.

- Desde chica quise ser científica. Era mi sueño. Y la mente de un científico no tiene cabida para semejantes disparates, ¿cierto? — aquella pregunta pareció ser más para ella misma que para Kwame. – Así que me dediqué a probarme a mí misma que estaba equivocada. Pero cada acercamiento, cada nueva revelación sobre Antar confirmaba mis alocadas creencias, en contra de toda lógica. Una parte de mí debió haber estado feliz, de no ser porque conforme me acercaba más y más, aparecía un obstáculo seguido de otro, que se interponía entre nosotros de formas tan variadas como te puedas imaginar.

Esta vez, sus ojos se posaron más allá del bote, en las aguas de insondable negrura que los rodeaban. Su rostro se ensombreció, de repente, al tiempo que afirmaba,

- Pero el obstáculo más grande siempre fue su silencio. Un silencio que terminó por demostrarme que todo estaba en mi cabeza. Que él no sentía lo mismo que yo...

Kwame bufó, de súbito exasperado,

- Estás muy equivocada. – puso los ojos en blanco, incapaz de entender la ceguera de su otrora brillante amiga. – Ese hombre siente más cosas por ti de lo que los dos imaginan.
- No, Kwame, es que yo... – buscó en los ojos del hombre por alguna señal misteriosa. Luego,

suspiró con renovada resignación. – ¡Me juré a mí misma que nunca se lo diría a nadie! No es el amor que siento por él lo que me ha torturado todos estos años. Yo...Creo que siento cosas que él siente.

Indagó nuevamente en los ojos de Kwame. Quizá buscaba que éste la mirara como si pensase que había perdido la cabeza, pero, *¡quién lo sabía!*, tal vez Kwame la había perdido mucho tiempo atrás.

De pronto, Irene soltó las palabras como si las hubiese tenido atoradas en la garganta desde siempre.

-   A veces, despierto en la madrugada con sensaciones que no son mías, para luego tratar de unir las piezas, de hallarle sentido, y ser abrumada por la certeza de que pudieran ser las de él. Llegué a sentir dolores físicos que no tenían ninguna causa, para luego enterarme de que él había enfermado. Después de graduarnos, procuré no saber nada de él. Pero, en ocasiones, a través de los años lo he sentido. Pánico, cuando todo está en calma. Euforia, cuando debería estar exhausta. Profunda tristeza en las horas más absurdas de noches precedidas por días felices. Y cuando he roto mis propias reglas en contra de buscarlo para asegurarme de que está bien, las piezas siempre han encajado; todo concuerda. A veces, lo he soñado susurrándome cosas que jamás me diría, pero que he leído en sus poemas.

Irene le dirigió la mirada más temerosa que había esbozado en toda la conversación hasta ese momento, y aquel velo de lágrimas que había empañado sus ojos rompió en torrentes de agua salada.

- Me siento perdida, Kwame. Ni siquiera estando sola con él logro que se de cuenta. Aunque no es de extrañarme, ¡si la única que lo siente soy yo! Tal vez debería hacerme a la idea de que esto no es más que un extraño encuentro que dará pie a otra década de silencio.

Kwame sintió que los sollozos de Irene le partían el alma tanto como a ella.

- Otra eternidad de sueños raros, presentimientos sin sentido y emociones incoherentes, leyendo en silencio poemas que...¡Ya no sé si soy yo la que interpreta desde mis propios deseos y temores! Y cada una de sus palabras escritas se quedan tatuadas para siempre en mi memoria.

- No, mi niña, *my sweetest friend*[17]. – aseguró Kwame, al tiempo que tomaba la cara empapada de Irene entre sus grandes manos. – No más

_____

[17] "Mi más dulce amiga".

silencio. Es hora de que hables con él. Y si rompe tu corazón, dime y haré que se arrepienta de venir a Tortuguero.

Las palabras de Kwame le arrebataron una risa agridulce. Irene posó las palmas de sus manos sobre las manos del hombre que cubrían sus mejillas y asintió con la cabeza al tiempo que inspiraba una larga bocanada de aire nocturno.

Más tarde, cuando se hallaban a punto de entrar a sus respectivos dormitorios, Kwame le dio las buenas noches estrujándola entre sus brazos, hasta arrebatarle casi todo el aire, y le dio un dulce beso en la frente. Tenían semanas de conocerse, pero él sabía que querría a Irene para toda la vida.

Ya recostado en su cama, Kwame contempló la nada de su techo en penumbras y pensó en la confidencia de su amiga. Aunque extraordinaria, la sentía cierta, de alguna forma que encontraba inexplicable. El mundo era un lugar más misterioso de lo que muchos concedían.

Justo antes de sucumbir al letargo, Kwame también pensó en lo maravilloso que sería poder sentir lo mismo que Jason, o platicar con él en sueños. Fascinado por esta última idea, imaginó que si tan solo pudiera, de entre todos sus sueños, escoger uno y guiarlo a donde quisiera, lo llevaría hasta aquel puente de arrecife y arena blanca entre aguas turquesas, donde encontraría a Jason para robarle un beso, y susurrarle todas las cosas que le repetiría el día de su regreso.

VII. Los Enamorados

El alba se escondía tras una espesa bruma que se había asentado sobre el horizonte marino. Irene, Kwame y Antar caminaban sobre la arena negra, endeble bajo sus pisadas, al tiempo que una insólita quietud los envolvía, cual humos de algún indecible hechizo. La luz azulina de la madrugada reverberaba sobre las partículas de la neblina, intensificando en Irene la sensación de estar sumergida en un sueño.

Sus compañeros también permanecían en silencio, como aturullados por aquel misterioso embeleso. Kwame caminaba apesadumbrado, con sus ojos grisáceos perdidos sobre la superficie de la playa. Irene sabía que aún no tenía noticias de Jason, así que no le extrañaba. Seguía pensando que debía haber una explicación perfectamente razonable para su silencio, pero comprendía el miedo de su amigo. Antar, por su lado, andaba aún más taciturno que de costumbre, por imposible que eso pareciera.

Irene lo miraba por el rabillo del ojo cada cierto tiempo. Esta mañana, sus densos mechones de cabello negro azabache no flotaban sobre sus eminentes hombros, sino que se hallaban retorcidos formando un chongo en la coronilla de su cabeza. Un par de flequillos rebeldes enmarcaban su rostro ceñudo, al tiempo que ensombrecían sus ojos meditabundos.

No sabía si era el nuevo peinado, el cual exponía su largo cuello, o si era su expresión aún más retraída de lo habitual, –tal vez, una combinación de ambos–, pero algo en su aspecto de hoy hacía que Irene encontrara imposible apartar su mirada de él por demasiado tiempo.

De vez en cuando, sus miradas se cruzaban; Antar la sostenía por largo rato, pero el momento pasaba, y sus ojos negros se ocultaban nuevamente bajo densos párpados. Sus labios permanecían cerrados, renuentes a formular la oleada de preguntas que había caracterizado su estancia en Tortuguero.

Recorrieron tres kilómetros bajo los efectos de aquel embrujo, hasta que Kwame e Irene lo vislumbraron al mismo tiempo: un sendero hecho de las indiscutibles huellas de una tortuga baula. Apuraron el paso y llegaron, con Antar pisándoles los talones, a un sospechoso montículo al centro de una espiral en que finalizaba aquel camino bellamente dibujado sobre la arena.

La emoción invadió a Irene; agradeció la vorágine de actividades que representaba el hallazgo del nido, las cuales la distraerían de su nebulosa mente con toda seguridad. Extrajeron de sus mochilas todos los artículos que necesitarían y se dispusieron a hacer las mediciones con sus respectivos registros.

Antar observó el proceso de cerca, rompiendo su silencio solo de vez en cuando, para preguntar puntualmente por el nombre de algún instrumento o la utilidad de algún procedimiento. Irene se preguntó qué exactamente era lo que el hombre estaría escribiendo cuando volvía a la soledad de su *lodge*.

En realidad, era algo que se había cuestionado desde la llegada de Antar a Tortuguero; pero ahora que su adquirida pericia en una tarea que había realizado repetidamente durante las últimas semanas tomaba las riendas de su cuerpo, dejando a su mente en relativa libertad, la duda vagabundeó por sus pensamientos a voluntad, intercalándose con sus propias anotaciones mentales.

Nunca había leído un poema de Antar centrado en la naturaleza. Al menos, no desde sus símiles y metáforas preparatorianas. *Distancia de la superficie de la arena al*

primer huevo en la cima de la cámara de huevos:
cincuenta y cuatro centímetros. De hecho, los temas de
sus poemas habían girado, con gran recurrencia durante
los últimos años, alrededor de la crítica política.
Distancia de la superficie de la arena al huevo más
profundo dentro de la cámara de huevos: sesenta y tres
centímetros.

Es lo que lo había hecho famoso: su "poesía ácida para la
era postmoderna", recordó escuchar a un periodista
decir. *Setenta y nueve, ochenta...Ochenta y un huevos*
con yema. Cuando iban en la escuela, en cambio, solía
entretejer el romance y la naturaleza a lo largo de sus
versos. Irene no había vuelto a leer un poema romántico
de su autoría desde entonces. *Veinticinco, veintiséis,*
veintisiete huevos sin yema. A lo mejor, había elegido
Tortuguero para hablar por primera vez del
ambientalismo que, al fin y al cabo, era también un tema
sociopolítico.

Irene se irguió sobre el agujero del nido excavado y se
limpió el sudor de la frente con la piel del antebrazo que
se asomaba más allá de su mano enguantada. Levantó la
mirada tentativamente hacia Antar. Éste la miró de
vuelta con ojos firmes y una expresión hermética. Sin
saber cómo, Irene se dejó envolver por las oscuras aguas

de sus iris, flotando en ellas al tiempo que la pregunta flotaba en su interior.

De pronto, supo con certeza inexplicable que Antar estaba ahí para recuperar algo. Que la política estaba lejos de sus motivaciones. Deseaba hallar lo perdido. Y entonces, Irene se vio a sí misma. Se encontró en el reflejo de sus ojos, pero también en las intenciones que yacían desprotegidas en el torrente de sus pensamientos. Tomada por sorpresa, Irene se dio a la fuga de aquel lugar sin nombre ni forma de su mente, dejando incompletas sus búsquedas intrusas. Un fulgor de curiosidad resplandeció en los ojos de Antar, pero antes de que él pudiese escudriñar su rostro el tiempo suficiente para indagar algo por su parte, Irene bajó la mirada y se volvió a su tarea, esta vez, con total concentración.

Encontraron otros tres nidos a lo largo de la franja costera, uno de los cuales se hallaba demasiado cerca de la orilla, por lo que emprendieron la labor de reubicarlo a un lugar más seguro de la playa, donde los huevos no corrieran el riesgo de ser destruidos por el oleaje.

Faltaba menos de un kilómetro para terminar el censo, cuando Irene pensó que sería uno de esos días felices en los que sus registros se limitarían a hallazgos de nidos, conteos de huevos y reubicaciones exitosas. Eso se dijo a sí misma, hasta que lo vio: el intricado fractal hecho de huellas, que describía el curso firme de una tortuga para luego volverse errático, ininteligible, hasta desaparecer entre la maleza selvática.

Irene y Kwame se confirmaron sus sospechas una al otro con la mirada, y se dirigieron velozmente al límite donde terminaba la superficie arenosa y comenzaba la jungla.

Solo tuvieron que dar unos cuantos pasos hasta encontrarla. Su caparazón ambarino, salpicado de caprichosos patrones de manchas castañas, se hallaba visiblemente dañado; las extremidades del animal, ausentes. Kwame e Irene se agacharon sobre el cuerpo inerte de una tortuga carey que, sin duda, había sido arrastrada desde la playa y magullada sin piedad hasta la muerte.

Se dispusieron a realizar el registro con sobriedad, guardando un silencio que nacía de sus corazones, solamente quebrantado cada cierto tiempo por el esporádico y necesario intercambio de observaciones. Irene echó un vistazo hacia Antar; su enorme cuerpo se veía antinatural en cuclillas, como si la posición le resultara ajena. Pero a él no parecía importarle; llevaba así buen rato, observando sin pronunciar palabra alguna.

Irene reparó en la melancolía que se le asomaba por la mirada. Nunca dejaba de sorprenderle lo expresivos que eran sus ojos; la dulzura que derramaban cuando su mente se hallaba incauta, y cómo todas sus facciones parecían atender a aquel sentimiento hasta resonar en completa sintonía con el mismo. Ahí estaba nuevamente: la discordancia de una delicadeza etérea, extranjera a la crudeza del mundo, en contraste con aquel cuerpo nervudo e intimidante.

De pronto, Antar devolvió su mirada, y preguntó,

- ¿Qué fue lo que la mató?
- Todo parece indicar que un jaguar. – contestó, con un tono de voz apenas audible.

En respuesta, los gruesos labios del hombre formaron una débil sonrisa.

- Un acto de la naturaleza...
- Así es. – confirmó Irene, imitando su mueca desconsolada. – También hay otros peligros, además de nosotros.
- Peligros intrínsecos a la existencia. Peligros con los que no pueden interferir.

Irene asintió con tristeza. Le extrañó el silencio de Kwame, atípico en él. Indagó en su rostro agachado sobre el cuerpo de la tortuga; se encontró una mirada tan doliente que le desgarró el corazón.

Kwame se veía perdido. Irene se dio cuenta de que era la primera vez que lo veía así. Las semanas previas habían estado colmadas de risas cómplices y alegrías compartidas. No lo había visto tan desencajado, ni siquiera cuando encontraron aquel nido saqueado, un mes atrás. Aquella vez, su reacción había sido de rabia e indignación, sin duda, pero lo que Irene estaba viendo ahora, frente a ella, era el rostro de la desesperanza.

Se preguntó si habría dormido en absoluto. El silencio de Jason parecía carcomerlo. Habían tenido una mañana laboriosa y les esperaba una larga noche de patrullaje; quizá, le vendría bien algo de descanso. Pero Kwame debía dormir, en lugar de mirar la pantalla de su celular como Irene sospechaba que había hecho durante toda la noche anterior.

Una vez de vuelta en la estación, se pusieron de acuerdo para verse antes del patrullaje. En cuanto fijaron la hora, Kwame se excusó diciendo que se sentía cansado, para luego encaminarse a su dormitorio. La preocupación de Irene crecía a cada momento. *¿Debía despedirse de Antar y tocar a la puerta de su dormitorio para cerciorarse de que estuviera bien, o sería mejor que respetara su espacio?*

Antes de que pudiera tomar una decisión, Antar aprovechó el momento a solas y preguntó,

- Irene, ¿podría llegar un poco antes de la hora acordada? Me gustaría que comiéramos juntos.

La mujer permaneció en silencio un instante; más que indecisa, se quedó perpleja ante el semblante sombrío de Antar. *¿Qué rayos le pasaba a los hombres este día?*

- ¿Estás bien? – inquirió ella.

Antar pareció estar a punto de responder, pero se quedó callado. Le lanzó una mirada reflexiva y, como si concluyera mentalmente que sería en vano dar una respuesta meramente cortés, afirmó,

- Estoy como debo estar. Parte de ello es no sentirme del todo bien. Vine llamado a buscar tortugas, pero la primera que veo una, la encuentro sin vida. Supongo que es parte de lo que vine a experimentar.

Irene asintió, al tiempo que le ofrecía una sonrisa empática. Fue invadida por el súbito deseo de levantarse de puntas, rodearle los hombros con sus brazos hasta donde le fuera posible, estrecharlo con fuerza y ocultar su rostro en la cuenca que se formaba entre su clavícula y su cuello.

Tan solo pudo imaginar el aroma que encontraría allí, porque un santiamén después, Antar dibujó un arco en el aire con su mano en señal de despedida, y se marchó con la misma melancolía que lo había acompañado cual sombra toda la mañana.

Ya en su dormitorio, tendida boca arriba en la cama, Irene observó el techo sin intención, aún preguntándose si debería ir a ver a Kwame. Recordó sus ojos grises sumidos en una tristeza recién nacida para ella, y deseó con todas sus menguantes fuerzas que Jason le hablara, que de pronto le llegara un mensaje haciéndole saber lo mucho que lo amaba, y que todo estaba bien. No quería verlo triste nunca más. Irene soltó un largo bostezo.

Lo que quería era ver su enorme sonrisa al tiempo que decía algo que la desquiciara por completo. Volver a los días previos en los que solamente eran Kwame y ella, hablando de tortugas, sueños y comida, mientras caminaban sobre la endeble arena de Tortuguero. La presencia de Antar lo complicaba todo. Ahora, las circunstancias la orillaban a confrontarlo o perder una oportunidad que pudiera nunca volverse a presentar.

Lanzó un nuevo bostezo, el cual terminó en suspiro. El techo se convirtió en densas nubes que succionaban el sonido hasta que llegaban grandes olas marinas, y de su espuma se formaban tortugas que las despejaban con sus largas aletas...

El letargo envolvió a Irene. Sucumbió ante decenas de sueños que se sucedieron sin orden razonable, superponiéndose, intercalándose; vaivenes de un tiempo no lineal. Hasta que sintió el cálido tacto de unos dedos acariciándole la cabeza. Reconoció de inmediato la sensación de aquellas yemas; las únicas que sabían deslizarse con delicadeza por su cabellera ensortijada. La peinaron tiernamente, al tiempo que Irene se regocijaba de saberse en los brazos de su madre.

¿Dónde estamos?, le preguntó, sintiéndose una chiquilla, mientras contemplaba con asombro los altos troncos de árboles cuyas copas no alcanzaba a vislumbrar. Emitían una hipnótica luz púrpura que parecía atraer miles de partículas brillantes que flotaban cual luciérnagas a su alrededor. No había firmamento ni un suelo visible; solamente una luz aturquesada que parecía envolverlas.

¿Sabes que siempre puedes regresar, verdad?, escuchó la suave voz de su madre decirle al oído. De alguna forma, Irene sabía de lo que hablaba, así que asintió con la cabeza. *No me dejes de abrazar*, le pidió a su madre. *Aquí estoy*, recibió por respuesta. De repente, partículas titilantes se configuraron de entre aquel resplandor verduzco para formar dichas palabras: *aquí estoy*.

Irene despertó de súbito. El sobresalto la inmovilizó por un segundo, pero enseguida, una ola incontenible de sollozos la hizo sacudirse al saberse sola, desterrada de aquel mundo fantástico, arrebatada del abrazo cálido de su madre. Llevaba años sin soñar con ella. *¿Acaso era aquel el cielo que habitaba desde que partiera de la Tierra?* El llanto se apoderó de la joven.

Afuera, el trueno retumbaba sobre el barullo incontenible de la lluvia. La tormenta se había desatado mientras dormía. Aún temblorosa y sacudida por el extraño sueño, Irene se incorporó de la cama y se colocó sus botines. Inhaló hasta llenarse los pulmones de aire, esperando que el corazón desacelerara su frenético tamborileo.

Miró el reloj de pulsera que se había quitado para dormir y que ahora descansaba sobre la mesa de madera. Antar debía estarla esperando en algún lugar del recinto, refugiado de la lluvia, con toda probabilidad. Se internó en el baño y miró su reflejo en el espejo. Su rostro le pareció ajeno, como si le perteneciera a alguien que conocía pero que no era enteramente ella. Irene se lavó el rostro con agua fría en un intento por removerse aquella sensación.

Abrió la puerta, y para su sorpresa, Antar yacía sentado en la sala justo afuera de los dormitorios.

- Hola. Llueve a cántaros afuera.
- Sí...¿Llevas mucho tiempo esperándome?
- No; unos cinco minutos, a lo mucho. Pensé en tocar a tu puerta pero no sé cual sea tu

habitación y no quise arriesgarme a molestar a Kwame.

Irene asintió con la cabeza.

- Dame un segundo; voy a avisarle que estaré contigo y que regresaremos en una hora.

Sin esperar confirmación, Irene se dirigió a la puerta de su compañero y tocó un par de veces. Esperó un minuto sin obtener respuesta. Pero entonces, cuando su mente alternó entre la posibilidad de irse o tocar una vez más, Irene lo escuchó: un llanto lastimero, casi imperceptible sobre el barullo del agua que se impactaba contra el techo. La ansiedad se asió de su corazón, el cual había recuperado un ritmo constante apenas unos minutos antes.

- ¿Kwame, estás bien? – preguntó en voz alta a través de la puerta.

Esperó nuevamente por una respuesta, pero lo único que sus oídos obtuvieron de vuelta fueron los sollozos del hombre. Miró de reojo a Antar, cuya mirada desconcertada le confirmó que él no alcanzaba a escuchar lo mismo que ella. Tocó una vez más a la puerta.

- Kwame, necesito saber que estás bien. Voy a entrar.

Abrió la puerta y la imagen que encontró la estremeció hasta los huesos. La corpulenta figura de Kwame se hallaba sentada en la cama; sus hombros completamente encorvados, su cabeza gacha, colgando de su cuello de forma penosa, su rostro oculto detrás de su largo flequillo rizo. Su teléfono celular yacía sujetado entre sus manos con tanta fuerza que le temblaban. Sus nudillos habían palidecido. Irene corrió a tumbarse de rodillas frente a él.

- ¿Qué pasó? – preguntó, al tiempo que pretendía envolver los grandes y temblorosos puños del hombre con sus finas manos.

Con el cuello torcido por la cercanía de su posición, Irene levantó la mirada para escudriñar el rostro empapado de Kwame. Un dolor calcinante se asomaba por sus ojos, borrosos tras murallas de lágrimas.

- ¡Lo golpearon! – su voz entrecortada perforó el alma de Irene. - ¡Lo golpearon! ¡Lo dejaron tirado en la calle como un perro!

La negación y el horror pelearon por un lugar definitivo en el corazón de la joven, mientras sentía cómo dos ríos salados le caían por sus propias mejillas.

- No...¿Jason?

Kwame asintió con la cabeza. Una lágrima salió disparada y aterrizó sobre el rostro de Irene. *¿Quiénes?*

¿Por qué?, un torbellino de preguntas retumbaron dentro de su mente, pero decidió pronunciar la más importante,

- ¿Está a salvo?
- Está en el hospital. Tiene huesos rotos. — sus rasgos se desfiguraron para formar el semblante mismo del desconsuelo. — Los doctores dicen que no hay peligro. — afirmó sin ápice de alivio.

Irene echó sus brazos alrededor de la espalda arqueada de Kwame y lo estrechó con toda la fuerza de la que era capaz. Después de un tiempo conteniendo las violentas sacudidas de su amigo, entremezcladas de rabia y quebranto, echó un vistazo hacia el umbral abierto tras de sí. Antar se hallaba de pie bajo el marco de la puerta, con ojos que delataban su angustiosa indecisión acerca de aquella situación.

Los sollozos de Kwame disminuyeron eventualmente e Irene tomó asiento a su lado en la cama, sin retirar sus manos de él; una acariciando su espalda, otra apretando su brazo con firmeza. Después de largos suspiros que terminaban por sacudirle el cuerpo entero, Kwame pudo hablar con mayor claridad acerca de lo sucedido.

A su regreso del censo matutino, había decidido compartir su preocupación con uno de sus hermanos. Le pidió que buscara a Jason y se cerciorara de que estuviera bien. Las horas transcurrieron sin que Kwame pudiera descansar, mucho menos dormir, hasta que por fin recibió su llamada de vuelta. Pero en lugar de aplacar el temor que lo invadía, su hermano le confirmó que Jason había desaparecido dos noches atrás, justo cuando el contacto entre ellos había cesado.

Sus padres lo habían encontrado hasta el día anterior, inconsciente y con el cuerpo magullado, repleto de moretones hasta donde alcanzaba la vista. Ahora, se hallaba internado en el King Edward VII Memorial Hospital, donde lo habían estabilizado. El hermano de Kwame no había podido dar más detalles, ya que no se le permitía entrar a verlo.

Kwame, por su parte, oscilaba entre la aflicción y la rabia. Decía estar seguro de saber quiénes habían perpetrado semejante crimen: un grupo de jóvenes que acosaban a Jason desde la escuela secundaria, y quienes ya lo habían amenazado con anterioridad.

El hombre se culpó a sí mismo en voz alta una y otra vez, asegurando que aquello no hubiera sucedido estando él en Bermudas. Cuando aquel sentimiento parecía a punto de abatirlo por completo, Antar intervino para asegurarle que él carecía de responsabilidad alguna; que el incidente estaba completamente fuera de su control. Irene sabía que sus palabras poco podían hacer por mejorar el estado de

Kwame, pero se sintió agradecida de que Antar se le uniera para brindar apoyo.

- Tengo que ir. No puedo estar aquí. – afirmó Kwame, de pronto. Miró por largo rato a Irene, como si buscara algo. Sin dar señales de haberlo encontrado, dijo, - No. No puedo hacerles eso. No puedo dejarlos. La STC me escogió como voluntario. No puedo irme.

Nuevas lágrimas emergieron hasta nublar la superficie de sus ojos.

- Kwame, si sientes que debes estar allá...Es una emergencia, yo creo que todos entenderán.

El hombre consideró un momento sus palabras.

- No puedo dejarte sola. Es tarde para encontrar otro voluntario, y Mariam y Armando tienen mucho trabajo.
- Que eso no te preocupe. Nos las arreglaremos, de verdad.
- Yo puedo quedarme.

Kwame e Irene levantaron la mirada hacia Antar, cuyo semblante mantenía su acostumbrada solemnidad.

- Antar... – comenzó Irene, sin saber realmente qué decir.
- Si se necesita de dos voluntarios para el programa, yo puedo suplir a Kwame. Me quedaré

aquí hasta que termine. El único tiempo que perderían es en capacitarme, pero aprendo rápido.

Irene se quedó perpleja; pero el suspiro que hizo ascender y descender la espalda de Kwame bajo la palma de su mano, le confirmó que aquella opción podría ser útil, cuando menos, para calmar de momento a Kwame.

- Yo puedo volver si Jason está bien. - afirmó, corroborando la suposición de Irene. Ésta asintió con la cabeza y lo animó a que fuera a hablar con Mariam.

La siguiente media hora transcurrió con vertiginosa rapidez. Antar e Irene acompañaron a Kwame a hablar con la coordinadora; permanecieron en la cercanía pero se aseguraron de darles privacidad. Mientras esperaban, no intercambiaron palabra alguna, e Irene evitó la mirada de Antar a toda costa.

Después, Kwame emergió con la noticia de su inminente partida. Antar reiteró frente a Mariam su propuesta de quedarse en Tortuguero y ayudar durante la ausencia de Kwame. Éste debía comprar su boleto hacia Bermudas y empacar sus maletas lo más rápido posible.

Irene lo acompañó de vuelta a sus cuarteles, con Antar pisándole los talones, y se ofreció a ayudarle, pero

Kwame le insistió en que deseaba ese tiempo a solas para meditar lo que haría una vez que estuviese en la isla.

Antar y ella se hallaron a solas una vez más en la antesala a los dormitorios. Afuera, la tormenta continuaba sin tregua. De pronto, Irene sintió como si se hallara atrapada dentro de un torbellino. Los sucesos del día la abrumaron sin que tuviese tiempo ni energía para evitarlo. Antar, inseparable de su lado cual sombra, pareció advertir su agobio.

- ¿Quieres sentarte un momento? ¿Estás bien?
- ¿Por qué estás aquí, Antar? – Irene fue invadida por una furia súbita.

El hombre se quedó pasmado.

- Aquí en la estación o... - comenzó a preguntar con aparente confusión.

Irene depositó sus ojos en él, transmitiéndole su intención a través de una resoluta mirada.

- Pues tú sabes porqué, no entiendo la pregunta. – afirmó Antar, casi un minuto después.
- No. No tengo idea. ¿Por qué estás aquí, realmente? – se mantuvo férrea en un interrogatorio que se le fue revelando conforme las palabras salían de su boca. – Tienes una carrera magnífica. Tienes el prestigio y el

reconocimiento que miles de personas que escriben poesía o que quisieran hacerlo desearían alcanzar algún día. Eres alabado en un país donde la gente escasamente lee. ¿Qué tienes que estar buscando aquí?

El semblante desconcertado de Antar la hubiera hecho detenerse en otro momento, pero era como si Irene estuviese partida en dos, y la parte vacilante, que otrora hubiese evadido cualquier tipo de enfrentamiento, fuese incapaz de refrenar a la parte que deseaba entender lo absurdo e increíble de aquella situación sin importar las consecuencias que una discusión conllevase.

- ¡Y ahora resulta que no solo estás aquí por un tiempo breve, sino que además puedes quedarte hasta que el programa termine! – añadió, pensando en la posibilidad de pasar las semanas restantes con él. – ¿Qué haces aquí? – preguntó una vez más, enfatizando cada palabra.

Antar se quedó boquiabierto. Ante la falta de una réplica inmediata, Irene continuó su estrepitosa confrontación sin que pudiera detenerse a sí misma.

- ¿Viniste a ver tortugas? Hay tortugas en México. ¿Por qué Costa Rica, por qué Tortuguero, por qué aquí, por qué ahora?

- ¿Qué es lo que estás implicando exactamente Irene? – reviró, de repente. – Que vine a verte, ¿eso es lo que dices?
- ¡Claro que no! No podría siquiera imaginarlo...
- ¿Qué es lo que piensas? ¿Qué vine a acosarte, a incomodarte con mi presencia? ¿Que yo planeé encontrarte aquí? Que viajé miles de kilómetros solamente para venir, ¿a qué? ¿Qué fantasía loca te hiciste en la cabeza?

Irene resintió aquella última pregunta como si Antar la hubiese abofeteado.

- ¿Crees que tengo fantasías con que estés aquí por mí? ¿Eso es lo que te ha dejado tu éxito? ¿La creencia de que eres el centro absoluto del Universo? ¡No me extrañaría para nada!
- ¡Yo no creo nada, Irene; lo que quiero entender es qué es lo que crees tú!

Sus voces resonaron por sobre el ruidoso aguacero, e Irene temió que el barullo llegara a oídos de su ya angustiado amigo.

- Vete. No quiero preocupar más a Kwame.
- No tendrías por qué hacerlo. Podrías simplemente decirme qué es lo que tanto te molesta de mí.

Irene lo miró con severidad. Quizá, tenía razón; su confrontación era impostergable.

- No...No quiero hablar aquí.

La expresión en el rostro de Antar se volvió exasperada.

- Vamos a donde quieras, entonces. Te diría que fuéramos a mi *lodge*, pero no sé de qué me acusarás si lo hago...

La mente de Irene trabajó a mil por hora. Si realmente iban a hablar de todo lo que no habían hablado nunca, prefería que no fuera en la estación; en especial, si quería seguir siendo voluntaria las siguientes semanas. La idea de importunar a sus coordinadores o al resto del personal de la estación, hacía que se le removieran las tripas.

Ir a su *lodge*...Era conveniente, sin lugar a dudas. Las habitaciones eran cabañas independientes unas de otras; contarían con privacidad. Pero la idea de estar a solas en la intimidad de su habitación también hacía que se le removieran las tripas, por razones que no deseaba explorar de momento. Si pudiesen hablar de forma civilizada podrían hacer uso de alguna de las mesas del restaurante, pero Irene no podía confiar en que no exaltaría una vez más.

La playa habría sido el lugar ideal, de no ser por el incesante chubasco. Antar la seguía mirando como si estuviera al borde de la exasperación. Irene sabía que debía tomar una decisión.

- No tendría por qué acusarte de nada. – dijo, al fin. – Sé que no estás aquí por mí, no soy estúpida. No tengo problema con ir al *lodge*.

Antar lanzó un largo pero apesadumbrado suspiro; como si intentase sacar su desesperación pero fuera demasiada para salir en una sola exhalación. Se encogió de hombros y asintió con la cabeza.

Irene dio aviso de su temporal ausencia en la estación y le pidió a Marlon, encargado de los botes de la STC, que los llevara al *lodge* de Antar. Cruzaron el canal bajo el pesado telar de la lluvia, y en cuanto descendieron del bote en el embarcadero del *lodge*, corrieron a tomar refugio dentro de la habitación de Antar.

Una vez ahí, Irene sintió que respiraba por primera vez en mucho tiempo. Antar permaneció de pie, con la espalda ligeramente encorvada, recargada contra una de las ventanas, y las manos dentro de los bolsillos de sus pantalones negros; la cabaña parecía demasiado pequeña para su portentosa figura.

De pronto, una claridad deslumbrante comenzó a despejar las cortinas de su previa ira. Irene sintió una insignificancia a la que no podía dar crédito después de la combatividad que la había dominado en la estación.

Los ojos negros de Antar permanecieron impávidos sobre ella, pero Irene no pudo descifrar nada más allá de su evidente expectación.

- Ya estamos aquí. Dime, ¿qué es lo que quieres saber? – preguntó el hombre, modulando su voz con aparente serenidad, forzada sobre la irritación que su respiración laboriosa dejaba al descubierto.

Irene quería saberlo todo. Absolutamente todo lo que los había llevado a compartir este insólito momento, en este improbable espacio, en esta selva que hubiese pensado absurda hasta en sus ensoñaciones más alocadas. Pero tendría que empezar por algún lado.

Su pregunta inmediata fue la misma que había formulado varias veces en la estación: *¿qué rayos hacía Antar en Tortuguero?* Pero la recién recuperada frialdad de su cabeza le afirmó que se trataba de una pregunta inconsecuente a comparación de las interrogantes sin respuesta que tenían una década de antigüedad.

- ¿Qué fui para ti, Antar? Quiero decir, – añadió con rapidez, – Además de alguien que te hizo pasar vergüenza. Vienes aquí y de pronto me miras como aquellas veces que pretendías no mirarme en la escuela y me hacías sentir como si estuviera loca. Como si yo me inventara esas miradas. A veces, lo sigo creyendo. Pero desde que llegaste a Tortuguero me has estado observando sin desviar la mirada; sin aparentar que no estoy aquí realmente. De hecho, es como si me vieras por primera vez. Tal vez, es porque ya no tienes que avergonzarte de mirarme; al fin que tus amigos ya no están para juzgarte. O puede ser que nunca me hayas visto hasta ahora. Supongo que, en realidad, la pregunta correcta es si alguna vez fui algo para ti en lo más mínimo, si apenas ahora te das cuenta de que existo...

Antar la observó por varios segundos antes de elevar los ojos al cielo para luego cerrarlos, al tiempo que se llevaba ambas manos a la frente. Entrelazó sus dedos con sus largos mechones de cabello negro y los peinó hacia atrás en un gesto que de inicio revelaba exacerbación pero que terminaba por revelar profundo cansancio. Finalmente, cruzó los brazos e inclinó su cabeza ligeramente hacia un lado, con los ojos clavados en ella.

- ¿En serio te dices todas esas cosas a ti misma?

Irene lo miró con severidad. Al parecer, Antar intuyó que no era un buen momento para preguntas retóricas, así que siguió,

- ¿Qué fuiste para mí?... – repitió la pregunta de Irene casi en un murmullo. – Si en verdad lo quieres saber, aquí va. Pero no te diré lo que fuiste, porque es lo que eres; lo que sigues siendo. Lo que siempre has sido.

La joven lo observó fijamente, sintiendo una ansiedad tan abrumadora que se arrepintió de haber formulado la pregunta.

- Eres el acertijo más irritante que se me ha presentado en la vida. – hizo caso omiso de la expresión de absoluta perplejidad en el rostro de la chica, y continuó. – Desde la primera vez que te vi a los ojos, y no, créeme que nunca he olvidado la primera vez que nos vimos frente a frente, tuve la horrible sensación de que sabías algo sobre mí que yo ignoraba. Algo que nadie, en todo el mundo, sabía más que tú. ¿Y tú? Tú eras, ¡eres!, ridículamente incomprensible. Un ser de otro planeta que pretende caminar entre nosotros como si nadie se fuera a dar cuenta.

Irene lo miró, esta vez tan horrorizada por sus palabras que una carcajada incrédula, demencial, amenazaba con escapársele.

- ¿Irritante? – comenzó a preguntar.

- ¡Sí! ¡Irritante! ¿Sabes lo irritante que es encontrarte con un ser que deseas conocer, entender, más que cualquier otra cosa existente en el Universo y que no desee ni siquiera verte de vuelta?

- ¿Qué? – Irene espetó, azorada.

- ¡Toda la vida, pensando que había algo extraño en mí, algo sin razón ni sentido! Y un día, me encuentro con un par de ojos que me decían saberlo todo, pero que venían acompañados de una boca que prometía no decírmelo jamás.

Antar inhaló una bocanada de aire y se quedó boquiabierto, al parecer incapaz de seguir. Halló, no obstante, alguna claridad interior que Irene no alcanzaba a vislumbrar, y siguió con su diatriba.

- Por si fuera poco que no pudiera quitarme de la cabeza semejante idea maniática, pasar cada día conociéndote un poco más fue el proceso más frustrante, - hizo una pausa en busca de una nueva palabra. – Absurdo, y fascinante de toda mi patética vida.

Los ojos negros del hombre ardieron con una ferocidad indómita que Irene no había visto nunca.

- Cada día que pensaba conocerte un poco más, me demostrabas estar equivocado. ¡Pues sí! ¡Cómo terminar de conocer a un ser que está hecho de la contradicción más pura que existe!

Irene se encogió de hombros, al tiempo que la estupefacción e incredulidad disputaban entre sí por acaparar los rasgos de la joven. Pero Antar prosiguió,

- Una niña tan ensimismada y dura en sus juicios que daba la impresión de rallar en la misantropía...Hasta que leías en voz alta alguno de tus escritos, y toda la dulzura del mundo se asomaba entre esas líneas, por las rendijas de tus ojos clavados en el papel. Tan reservada que parecías fría; helabas con la mirada a quien osara acercarse. Pero, de pronto, reías a carcajadas hasta que terminabas temblando toda, doblada sobre el pupitre, porque habías encontrado chistosa alguna de las idioteces que decían esos pazguatos con los que te llevabas. Y tu risa era tan molesta como contagiosa; musical y chillona, a la vez. Insoportable.

El semblante de Antar permanecía serio, pero en sus ojos se asomaba una luz ensoñadora de manera intermitente.

- Parecía que hacías todo lo posible por no resultar atractiva, con tus pantalones demasiado holgados, tus blusas deportivas y tu cabello despeinado. ¿En verdad, no sabías que tenía el efecto opuesto? Era imposible no ver cómo colgaban tus rizos sobre esos hombros que siempre traías descubiertos. No usabas maquillaje pero te ponías a dibujarte enredaderas de flores en los brazos, y por razones que no nunca comprendí, siempre te brillaba la piel como si estuvieras en la playa.

Las cejas de Antar se elevaron al cielo en señal de absoluta confusión. Sus brazos, antes cruzados, ahora cortaban el aire con gestos, a veces bruscos, a veces suaves, que parecían narrar una historia por su propia cuenta.

- ¡Y tu olor! Al principio, me la pasaba buscando el origen de ese aroma hasta que nos encontrábamos en el marco de la puerta o cuando tenías que sentarte cerca de mí para hacer trabajo en equipo y me daba cuenta de que ¡eras tú! ¿Te acuerdas del día que perdiste tu bufanda, cuando pensaste que era una broma pesada y dejaste de hablarle a todo mundo como por una semana? ¡Fui yo! ¡Yo me robé tu bufanda! La tuve en mi cuarto por años, hasta que una novia la descubrió y la tiró a la basura porque claramente olía a otra chica.

Esta vez, los labios de ambos, Antar e Irene, fallaron en reprimir una sonrisa. El hombre sacudió la cabeza, como si el acto pudiera borrársela.

- Pero yo no estaba a la altura, ¿no? No pretendas no saber que te miraba porque la mayor parte del tiempo rogaba, gritaba por dentro, que me miraras de vuelta. ¿Y tú qué hacías? Nunca supe si fingías que no existía o si realmente estabas siempre en otro lado; en algún paraíso invisible al que solo tú podías entrar. Todos me decían que lo intentara, que era imposible que me rechazaras. Pero lo hiciste. Y por años pensé que no te merecía. Que todo lo que representabas era inalcanzable.

Irene jamás habría imaginado la tristeza que ahora se posó en los ojos de Antar, en sus facciones, en la postura de todo su cuerpo que parecía tambalear aunque no se moviera un ápice. Deseó lanzarse hacia él, devorarlo a besos. Pero sus piernas tomaron la decisión por ella y comenzaron a caminar lentamente; dieron los escasos pasos hasta donde Antar se hallaba.

El hombre la observó apacible, sin moverse ni respingar. Una vez frente a él, los finos dedos de Irene viajaron en el aire hasta alcanzar su mejilla. Sintió la calidez bajo su tacto. Aquel hechizo que por tanto tiempo pareció separarlos, asegurándole a Irene que aquel contacto podría quemarla, punzarla de alguna forma que sin duda la paralizaría por la eternidad, se rompió de súbito.

Irene contempló, como en un trance, los caminos que sus dedos dibujaban sobre la piel de Antar. Viajaron desde sus prominentes pómulos, por sus largas mejillas hasta su mandíbula. La recorrieron para dirigirse a donde yacía su barbilla, pero se desviaron, a medio camino, hacia su boca entreabierta.

Había visto aquel par de carnosos labios rosados innumerables veces, siempre imaginando cómo se sentirían en su piel. Pero la sensación verdadera hizo que su vientre se contrajera en gozosos espasmos que vaticinaban una gloria inconfesable.

Levantó sus párpados en busca de los ojos de Antar. Se encontró con dos brazas de carbón encendido que la miraban con un asombro del cual juró, era completamente indigna. Pensó que sería feliz una o mil vidas si tan solo pudiera perderse en ellos.

Pero antes de que pudiera sumergirse por completo en ellos, estos se ocultaron detrás de gruesos párpados en el instante justo en que los labios de Antar comulgaron con los suyos, en un beso anhelado por eternidades que se disolvieron para formar el único presente que importaba.

VIII. La Torre

- Jamás te rechacé. Tú me rompiste el corazón.

La voz de Irene hizo vibrar el aire entre sus bocas. Antar resintió la pérdida de sus labios. Estaba mal. Jamás debía apartarse de ellos.

- No fue mi intención. – respondió, ofuscado aún por la sensación de besarla; de tenerla.

Entreabrió los párpados, temiendo que abrirlos por completo desvaneciera aquel ensueño. Se quedó atónito al encontrar que los ojos de Irene reflejaban su propio deseo febril.

- ¿Por qué dices que te rechacé cuando fuiste tú quien lo hizo? – preguntó ella, oponiendo clara resistencia al cauce natural que sus cuerpos deseaban seguir.

Irene quería respuestas. Antar conjuró toda su voluntad para no sucumbir ante un arrebato del cual podía no haber retorno para ninguno de los dos. Encontró que cerrar los ojos y presionar su frente contra la de ella le ayudaba a concentrarse.

- No sé de qué me hablas. Nunca quise lastimarte. Si te refieres a los poemas, mi error fue no impedir que sucediera. Lo siento mucho. – respondió con franqueza.

Antar tomó aliento para continuar, pero el aroma de Irene lo dejó sin palabras. Juró en silencio que aquella fragancia lo hipnotizaría más allá de toda razón; lo intoxicaría hasta la muerte.

- Lo que no entiendo es por qué se ensañaron tanto conmigo, – insistió ella. – Si tú sentías todas esas cosas por mí.

- Porque sabían lo mucho que me habías lastimado.

Antar sintió que la calidez de Irene contra su frente se esfumaba sin que pudiera evitarlo. Abrió los párpados, resignado a que la conversación estaba lejos de terminar. Se encontró con los ojos avellanados de Irene, que lo miraban con genuino desconcierto.

- ¿Qué fue lo que te hice, exactamente?

Mientras sopesaba sus siguientes palabras, Antar sostuvo a Irene de la cintura, reacio a soltar al menos una pequeña parte su cuerpo; como si la pérdida de contacto físico, por mínima que fuera, pudiese fracturar aquella conexión entre ellos que se había gestado bajo las sombras por tanto tiempo. Afuera de la cabaña, el redoble eléctrico de la tormenta resonaba con violencia.

Antar se sorprendió de lo mucho que el beso de Irene había amortiguado su estrépito.

- No eras la única a la que molestaban. – respondió, al fin. – A mí también me hicieron la vida imposible, aunque yo no quisiera darme cuenta. Entre muchas otras cosas, me decían que tú y yo éramos demasiado distintos; que no podríamos congeniar. Decían que te considerabas superior a los demás. Yo no lo creía...Hasta el día de mi cumpleaños. Te invité a la fiesta; dijiste que irías. Todos sabían que planeaba *llegarte*[18]. – Antar resopló, socarrón. Aquella expresión se escuchaba infantil y obsoleta en su voz, pero lo transportó a una época en la que su uso había sido de lo más normal.

Irene sonrió también. Su ceño fruncido evidenciaba, no obstante, una incredulidad que Antar no podía juzgar más que de inverosímil. *¿En verdad podía ser tan despistada?*

- Tú...No... – la joven dio voz a su escepticismo. – No es cierto. – sus ojos, cercanos a él como Antar jamás los había visto, destilaban un elixir de emociones tan espeso que era imposible discernir

---

[18] Frase coloquial utilizada principalmente por adolescentes en México para dar a entender que llevarán a cabo una declaración amorosa.

sus componentes. - *¿Realmente* planeabas hacerlo?

- Sí. Estuve pensándolo por semanas. Me dije a mí mismo que era entonces o nunca. Ellos lo sabían, por supuesto. Pero las horas pasaron y jamás apareciste.

Irene bajó la mirada, sumida, al parecer, en la vorágine de sus pensamientos. Antar la contempló, sin disminuir la presión de sus dedos sobre su cintura. Ella, por su parte, parecía no saber qué hacer con sus manos; había resuelto juntarlas a la altura de su abdomen. Sus dedos juguetearon de forma intuitiva, entrelazándose, acariciándose unos a otros sin que Irene aparentara estar consciente de ello.

Antar decidió que debía ser él quien las acariciara, por lo que renunció al placentero tacto de su cintura para envolver las delicadas manos de Irene entre las suyas y dirigirlas hasta su propio pecho, donde se dedicó a deslizar los finos dedos de la joven entre sus burdos índices y pulgares.

- ¿Por qué no fuiste? – preguntó Antar, lamentando que su impaciencia lo impulsara a interrumpir los pensamientos de Irene.

Por un momento, la mirada de la joven se tornó perdida; sus labios se entreabrieron, incapaces de formular palabras.

- Fue pánico. – respondió, al fin. – No tengo excusas. Me invadió un miedo que ni siquiera sé cómo describir.

- ¿Qué es lo que te preocupaba? – inquirió él, asombrado por aquella respuesta, pero más renuente que nunca a detener su profusión de caricias a las manos de Irene.

- Todo. La situación era más de lo que podía manejar. – continuó, con la mirada clavada en la madeja conformada por sus manos y las de Antar. – Nunca me habías invitado a salir hasta ese día. Recuerdo que platicábamos en el pasillo, cuando no teníamos nada qué hacer y nos echábamos en el piso junto a los casilleros, pero nunca nos habíamos visto fuera de clases...Y en lugar de llevarme por un café o algo parecido, me invitaste a una fiesta enorme, repleta de tus amigos quienes, dicho sea de paso, me aborrecían. Tampoco invitaste a ninguno de los míos...

Antar la contempló con genuino desasosiego. Irene levantó un par de tímidos ojos que, al encontrar la incredulidad plasmada en el semblante de Antar, destilaron una especie de comicidad entremezclada con vergüenza.

- Me sentía intimidada, lo admito. Ese día...No supe qué hacer. ¿Qué hubiera pasado si llegaba y decidías ignorarme? ¿Con quién iba a hablar? Fue demasiado, Antar. Fui una tonta, lo sé. Pero de haber sabido lo que iba a ocurrir después...

La cabeza de Irene pendió penosamente de su cuello, al tiempo que el rostro se le empapaba de lágrimas.

- Jamás me cruzó por la cabeza que te importara que no fuera a la fiesta. – continuó. – Por eso ni siquiera pensé en avisarte. Me habría sentido ridícula. ¿Qué más daba que no fuera? Aunque sí pensé que tu invitación era una señal de que mi presencia no te era enteramente desagradable.

Las cejas de Antar se fueron hasta el cielo, gesto que no pasó desapercibido por ella.

- Bueno, imaginé que querías conocerme más, incluso ser mi amigo, pero que había tiempo; que apenas habías notado mi existencia. – añadió, esbozando una débil sonrisa. – Cuando escribí los poemas no quería que nadie los leyera. Soñaba (sin admitírmelo a mí misma) con que algún día te los podría mostrar, pero jamás imaginé que el maestro Antonio los publicaría en la gaceta sin preguntarme.

Los poemas. Antar jamás podría olvidarlos, ni las consecuencias de que se hicieran públicos.

Desde muy temprano en su carrera estudiantil, Antar se sintió llamado a desgarrarse el alma en la única forma que le proveía una sensación de sentido y de algo parecido al orden: la poesía.

Sus profesores decidieron que era talentoso; lo suficiente como para figurar de manera recurrente en una sección de la gaceta del instituto. A pesar de tratarse de una publicación escolar, llegaba a un amplio espectro de personas: desde los niños que empezaban la escuela secundaria hasta los estudiantes universitarios, así como los maestros de todos los niveles.

Un día inesperado, la sección figuró una serie de poemas de la autoría de Irene. Si bien eso había sido sorpresivo por sí solo, su contenido lo había dejado perplejo. Cada uno de los poemas de la joven parecía responder a las interrogantes que fueran el tema central de los poemas de Antar publicados en meses previos. Intercalados, configuraban una especie de diálogo entre los dos poetas; uno jamás expresado frente a frente.

Antar había esperado que la correlación pasara inadvertida; que solo fuera él quien viera sus extrañas similitudes. Pero no pasó mucho tiempo para que algunos de sus amigos señalaran las innegables coincidencias. Fue entonces cuando el infierno se desató.

- Ay, Irene. Yo...¡Soy un imbécil! – exclamó él. – Creí que era cierto, que te creías demasiado buena para mí. Fue fácil creerlo porque, en el fondo, yo juraba que no te merecía. – apretó las manos de Irene con fuerza. *Si tan solo pudiera hacerle sentir lo que significaba para él. ¡Cuánto había sufrido lo que por años creyó haber sido su rechazo!*

Irene lanzó una débil carcajada, contradicha por la humedad que impregnaba sus ojos, y sofocada en última instancia por el estrépito de un trueno.

- ¿Sabes? Llegué a pensar que me aborrecías por haber escrito esos poemas...Que me odiabas por haberte hecho pasar vergüenza. Era la única explicación para que los dejaras hacerme todo eso.
- No, no. Yo...¡Soy un imbécil!

Una rabia indecible se apoderó de Antar. Ya nada podía justificar sus acciones, ni la falta de ellas.

- Sí llegué a odiarte, no lo voy a negar. – admitió, apesadumbrado. – O al menos, lo intenté. Pero no por las razones que imaginas. Pensé que tus silencios, tu ausencia, todas esas veces que me evitabas...Eran pruebas de que no querías tener nada que ver conmigo. Y luego, leer tus poemas fue lo más confuso. Creí que estabas jugando conmigo, de alguna forma. Que lo que yo sentía no era más que un retorcido pasatiempo para ti.

- Años, Antar. Sufrí años de insultos y bromas crueles. Tus amigos se dedicaron a hacer mi vida miserable. Cada día, me recordaron lo estúpida que era por haber creído que tú serías capaz de voltear a verme. No podía conversar con otro chico porque se aseguraban de decirle lo patética que era; hasta inventaron que yo era una especie de acosadora obsesiva y... - un sollozo sacudió el menudo cuerpo de Irene.

Antar recordaba los nombres; decenas de nombres con que habían llamado a Irene por el resto de sus días preparatorianos. Y él no había hecho nada por detenerlos.

- Es una estupidez. Estoy consciente de que todo fue una estupidez. — afirmó la joven. — Pero a esa edad...Yo no sabía lo que había afuera. La escuela era el mundo. Y a veces creía que no iba a soportar más, que toda mi vida iba a ser así. Llegué a pensar en irme, en cambiar de colegio;

pero con los problemas de mi papá, era impensable.

El hombre recordó vagamente haber escuchado los rumores que no se habían limitado a los pasillos de la escuela, sino que también habían estado en boca de maestros y padres. Se decía que el papá de Irene no había superado la muerte de su esposa; que se había entregado a los brazos de una depresión paralizante.

- Perdóname, Irene. Ni siquiera me pasó por la cabeza que estuvieras sufriendo. Ahora que lo digo, suena estúpido. Pero es que parecía que nada te afectaba...

- Sí, hacía un buen trabajo ocultando mis problemas. – dijo riendo, mientras se limpiaba las mejillas con el dorso de sus manos.

Estuvo a punto de bajarlas, pero Antar las atrapó nuevamente y las llevó a descansar sobre su pecho al tiempo que continuaba administrándoles tiernas caricias, removiendo, con cada una, la humedad dejada por sus lágrimas.

- El desprecio que me mostraste desde entonces...Irene, jamás imaginé que en realidad te doliera.

Evocó con lacerante precisión las miradas heladas de la joven; el menosprecio dibujado en sus delicadas facciones. Solamente podía imaginar lo que yació debajo por tanto tiempo. Irene había dejado de escribir desde entonces. Había cercenado una parte de sí misma sin la que Antar no podía imaginar la vida misma. El orgullo era una lente que todo lo deformaba; impedía mirar debajo de cualquier superficie.

- Pero sé que nada de eso justifica haber permitido que continuaran con las bromas y el maltrato. – confesó por primera vez; tanto para ella como para consigo mismo.

Irene soltó un largo suspiro. Sus hombros parecieron relajarse por primera vez desde que habían entrado a la cabaña.

- Déjame entender… – dijo ella. – Entonces, tú y yo sentíamos lo mismo uno por el otro.
- Así es.
- Ambos pensamos que no éramos suficiente para el otro.
- Sí.
- Mientras que en el fondo deseábamos, más que nada, estar juntos.
- Es correcto.
- ¿Sabes qué nos hace eso?
- No, dime.
- Un par de idiotas.

- Completamente.

Irene dejó ir su cabeza hasta recargarla en el pecho de Antar, deshaciendo, en el proceso, la madeja que habían formado con sus manos. El hombre aprovechó la oportunidad para rodearla con sus brazos y enterrar su nariz entre los gruesos rizos de la joven, cuyo aroma a flores silvestres le recordó de inmediato al de la bufanda robada que permaneció sin lavar por años en el fondo de uno de sus cajones.

- Antar, - la voz de Irene era apenas audible sobre el fragor de la tempestad.

- ¿Mmm? – murmuró él, renuente a romper el abrazo.

- ¿Por qué estás en Tortuguero? En verdad.

Antar inhaló hasta donde sus pulmones le permitieron. La pregunta tenía dos posibles y legítimas respuestas. La primera implicaba relatar una larga y complicada historia. La segunda se reducía a un singular suceso que había puesto todo en marcha. Optó por la segunda.

- Tuve un sueño; por tonto que eso suene.

Tal como él lo esperaba, Irene levantó el rostro para encontrarse con su mirada. Pero no hizo por liberarse de su abrazo, lo cual Antar agradeció.

- ¿Qué soñaste?

- Soñé con una tortuga. Flotaba sobre un oscuro mar, rodeada de lo que parecían partículas fosforescentes; algo así como los microorganismos que hacen que el agua brille.

- Bacterias bioluminiscentes...

- Exactamente. – respondió, cayendo en la cuenta de que había extrañado por años aquellas observaciones tan características de la joven. – El movimiento de sus aletas hacía que las partículas formaran espirales que se disolvían, a su vez, en espirales idénticas que daban luz a otras nuevas, cada vez más pequeñas.

Los labios de Irene se entreabrieron en señal asombro, y las comisuras que los unían en sus extremos se levantaron para evidenciar su deleite.

- No recuerdo haber sentido o visto mi cuerpo en el sueño, – continuó Antar. – Solo sentía que flotaba de alguna forma, igual que la tortuga. La seguí durante un tiempo que en el sueño se sentía como una eternidad, hasta que me guió a un objeto que de lejos parecía una esfera de luz. Entre más nos acercamos, el fulgor se hizo más nítido y alcancé a distinguir una forma mucho más compleja. Cuando por fin llegamos, pude ver que era un árbol hecho de luz. No tenía hojas ni flores, solo numerosas ramas hechas de luminosidad. Y al instante, yo sabía que debía estar ahí. Que aquello era algo más grande de lo que alcanzaba a comprender.

Los ojos de Irene lucían embelesados por su narración.

- En fin, — añadió él. — el sueño fue algo que nunca había experimentado. Su vivacidad, la sensación que me provocó...No podía sacármelo de la cabeza. He de admitir que me obsesioné con el asunto. Se lo conté a un buen amigo mío, y él me habló enseguida de Tortuguero. Ha sido donador de la STC muchos años; me parece que incluso ha venido varias veces. Me aseguró que debía tratarse de un llamado; un despertar. Yo...Me encontraba en una encrucijada en mi vida. Seguí el impulso y compré un boleto a Costa Rica.

El cuarto se iluminó con el resplandor azulino de un rayo. La tormenta amenazaba con transmutar en diluvio. Antar tomó el rostro de Irene entre sus manos. Sus pulgares dibujaron círculos imperfectos sobre la piel mojada de sus mejillas.

- Yo también tengo una pregunta. — admitió él.

Irene guardó silencio, esperando con la mirada atenta.

- "De los latidos de su corazón una réplica distante, Empero cercana al arjé tenaz en clamarlo de vuelta, Reflejo que cuando esclarece por fin le recuerda, Quien fuese su ánima misma hecha mitad anhelante."

La boca abierta de Irene, indecisa entre inspirar y contener el aire, por poco le arrebata una carcajada.

- Travesía del Ánima Cautiva...¿Te aprendiste de memoria mis poemas? — preguntó ella, sin disimular su asombro.

Antar soltó la risa que no podía contener por más tiempo.

- No, solamente algunos versos. Ese cuarteto, en particular, se me quedó grabado...¿Lo que tratabas de decir es que somos almas gemelas?

Irene cerró los ojos y sus rasgos se configuraron en una expresión compungida.

- Soy de lo peor, ¿verdad?
- ¡No! — la risa de Antar resonó seguida de un trueno que pretendió ahogarla. - ¿Por qué dices eso?
- Porque realmente lo pensaba...Lo pienso. De una manera más literal de la que te imaginas.
- ¿A qué te refieres?

Antar escuchó con creciente fascinación los sucesos en la vida de Irene que había experimentado como ecos de sus propias vivencias. Sentimientos que rimaban con los suyos. Pensamientos que parecían desdoblarse en dos versiones de una misma esencia. Antar estaba ante el secreto que siempre había sabido hallarse oculto en ella. Y no pudo evitar sentir desconcierto ante su última revelación.

- ...Una noche soñé con una chica. – la voz de Irene era un susurro apenas perceptible sobre la algarabía de las gotas de lluvia. – Yacía desnuda debajo mío, y yo sentía que la cabeza me daba vueltas. De pronto, era como si toda la energía abandonara mi cuerpo de la manera más asombrosa posible. Era alivio y placer y martirio; todo al mismo tiempo. Sentía como si mi ser se vaciara en un instante de dicha pura, de calma y caos simultáneos. A lo lejos, alcanzaba a escuchar el oleaje del mar; apenas un murmullo que arrullaba mi cuerpo ya de por sí exhausto. Desperté, completamente confundida, incluso mareada por el...*Movimiento* del sueño.

La piel morena de Irene resplandeció con un violento rubor que se le asomaba desde donde el escote de su blusa permitía ver, hasta la raíz de su cabellera castaña.

- A la mañana siguiente, fui a la escuela, como siempre. Pero tú no estabas. Tus amigos le dijeron a los maestros que estabas enfermo, pero se la pasaron cuchicheando entre ellos, y alardeando a todo el que prestara oídos, que en realidad te habías fugado a la playa con tu novia de aquel entonces.

Antar sintió el calor en la piel de las mejillas de Irene, aún ocultas bajo el tacto ininterrumpido de sus toscas manos.

- Me estás diciendo que tú... – comenzó a decir él.

Irene lució aterrorizada ante la idea de escuchar a Antar decir en voz alta lo que ella, claramente, no se atrevía a hacer.

- Tú sentiste mi orgasmo. – dijo la voz del hombre, hecha un murmullo gutural y espeso.

Escucharse a sí mismo afirmar lo que resultaba inimaginable, lo atrapó en una ráfaga de emociones contradictorias: primero, un horror ajeno que bien podría haber sido un eco del sentimiento que invadía a Irene por haber realizado aquella confesión.

Luego, cohibición súbita, al darse cuenta de que sus experiencias adolescentes podían haber contado todo este tiempo con una espectadora...No, con una catadora involuntaria de sus más íntimas sensaciones.

Finalmente, fue asaltado por una excitación sobrecogedora; el despertar de una sed primigenia que lo impulsaba, más que nada en el mundo, a vivir aquel placer exclusivamente con y para ella.

Antar atrapó los labios de Irene entre los suyos en un beso voraz, desesperado. Sintió el momento justo en que la joven se rendía ante la sensación; la relajación instantánea de sus hombros, su cuello, y el instante en que sus deliciosos labios se abrían para recibir la lengua de Antar que, diligente, se dedicó a saborearla.

Las manos de Irene abandonaron su previa indecisión y se dirigieron sin reserva al pecho de Antar, donde se cerraron en puños alrededor de la tela que lo cubría, tirando suave pero impacientemente de la misma. Aquel mandato sin palabras fue suficiente para que Antar se deshiciera de la playera y se dedicara a levantar la de Irene mientras permitía que los finos dedos de la mujer exploraran, ansiosos, las cumbres y valles moldeados por sus pectorales y abdominales.

El aliento lo abandonó cuando miró por primera vez los pechos desnudos de Irene. Su imaginación no lo había defraudado; eran pequeños y perfectamente redondos como lo habían sido en sus sueños más lascivos. Se consagró de inmediato a dibujar con la lengua espirales concéntricas a sus cobrizos pezones, arrebatando sonidos de la garganta de Irene que lo hicieron estremecer.

- Eres lo más hermoso que existe. – declaró Antar con una voz tan gutural que se asemejaba más a un gruñido que a un sonido humano.

Envolvió una vez más los labios de la joven con los suyos, degustando aquel dulce néctar que era imposible identificar más que como el sabor de Irene. De pronto, Antar fue embestido por la certeza de todo lo que derivaría de aquel momento, y por la realidad de que había venido a Tortuguero sin predisposición alguna a vivirlo. Lo cual significaba que no había añadido condones a la breve lista de pertenencias que conformaban su equipaje.

Abandonar la seguridad de la cabaña en medio de la tempestad para ir hasta el pueblo a comprarlos estaba fuera de discusión. La mente de Antar viajó a mil por hora, ofuscada sin remedio por el tacto de las incansables manos de Irene sobre su cuerpo.

Concluyó que no importaba; se conformaría con provocarle a Irene ese orgasmo que lo tenía atormentado desde que imaginara a la joven en aquel sueño carnal, sacudida por la espontaneidad de una agonía y una dicha involuntariamente compartidas.

No le interesaba encontrar alivio propio más que el de observar la faz de Irene sucumbiendo ante el arrebato de un regocijo jamás sentido hasta ese momento. Besaría los labios ocultos de su sexo con frenesí insaciable hasta enloquecerla. Sus dedos la explorarían hasta encontrar los delicados nodos de sus constelaciones prohibidas para convertirlas en supernovas.

Antar tomó el rostro de Irene entre sus manos y se disolvió en el licor de avellana en sus ojos, raptado por la promesa del éxtasis que causaría en ellos. De pronto, sintió cómo su miembro erecto, constreñido bajo la tensa tela de sus pantalones, era sorpresivamente envuelto por las cálidas manos de la joven. Antar pensó que perdería la cabeza.

- Irene, – el nombre de la mujer que había deseado por años salió de su boca en la forma de un jadeo.

Tomó las manos de Irene y las removió de su entrepierna en contra de la voluntad de sus caderas que ya habían comenzado impelerse rítmicamente contra su tacto.

- ¿Qué pasa? – preguntó la joven.

El hombre confesó su falta de preparación. Mas, para su dicha, Irene le reveló que no tendrían que preocuparse por concebir. Se entregaron entonces, con absoluta confianza en la palabra del otro, a una nueva oleada de besos y caricias que en sus concienzudos recorridos fueron removiendo las telas que los separaban.

Torrentes de agua se precipitaron incansables contra el techo de la cabaña. El rayó iluminó de forma esporádica sus contornos entrelazados, y el trueno amortiguó las palpitaciones de dos corazones que compartían una misma cacofonía.

La boca de Antar trazó caminos de alabanza a lo largo de la piel de Irene. Se escondió momentáneamente en la depresión de su cuello, donde mordisqueó la delicada piel hasta que los gemidos de la joven se volvieron suplicantes. Recorrió las cumbres de sus senos degustando el sabor salino de su transpiración. Vagó por la hondonada de su vientre hasta llegar a sus recovecos más tiernos para profesarles repetitiva adoración con la lengua y deleitarse con la ambrosía de su secreto.

Fue hasta que estuvo seguro de que su dulce tortura había desencadenado en Irene los néctares de la anticipación, que Antar finalmente se introdujo en ella. La sensación de sentirse envuelto con tan inefable precisión le arrancó rugidos desde algún lugar recóndito del pecho. Por un momento, pensó que aquel tacto sería suficiente para disparar su clímax, pero Antar tomó refugio en los ojos de Irene y supo que el deseo de permanecer siempre dentro de ella eclipsaría cualquier placer inmediato.

Sobre la tela del cubrecama, los rizos de la chica formaban un halo alrededor de su rostro cuyos rasgos entregados por completo a los caprichos de sus sentidos, la hacían lucir como alguna deidad solar inmemorial, responsable, con toda seguridad, de que la humanidad entera comenzara a escribir poesía en la alborada de la historia. Cómo era posible que aquella diosa lo observara con adoración, era algo que sobrepasaba la comprensión de Antar.

Sumergida en los *crescendos* de su placer impostergable, Irene dejó que sus caderas se sincronizaran con el ritmo cadencioso establecido por él.

- Antar. – murmuró.

Escuchar su nombre pronunciado por la voz extasiada de Irene en el momento exacto en que su cérvix se contraía al compás de cada nueva oleada de su orgasmo, hizo que el mundo de Antar se despojara de sentido, tamaño y forma. La capacidad de sensación abandonó sus extremidades hasta concentrarse en aquel punto de su virilidad, donde explotó en ríos de placer descomedido. Antar se vio abrumado por una vaciedad y completud tan puras como nunca había sentido en su vida.

Depuesto de fuerzas, el hombre trastabilló hasta tenderse a un lado de Irene en la cama. Enterró su rostro en la cuenca de su delicado cuello, y el mundo se envolvió en penumbras.

- Uriel tenía razón; en Tortuguero estaba la respuesta.

Antar susurró al oído de Irene, una vez que ambos hubieron regresado de un plácido pero fugaz letargo. La sonrisa que vio formarse en los labios de Irene era todo lo que Antar imaginó necesitar en la vida.

- Nunca pensé que detrás de todas mis razones para huir estabas tú, llamándome.

Irene se acomodó sobre su costado para mirarlo de frente. El fulgor en sus ojos, naturalmente oscurecidos por la lobreguez que ninguno de los dos se había molestado en ahuyentar prendiendo la luz de la habitación, le expresaron su completo interés.

- Es cierto; mencionaste que estabas en una encrucijada. ¿A qué te refieres con huir?

Antar suspiró con largueza.

- De todo, para serte franco.

Irene arqueó una ceja curiosa. Antar intentó ordenar sus pensamientos.

- Dices que tengo una carrera magnífica... – continuó. – En estricto sentido, supongo que tienes razón. Pero lo que por fuera parece maravilloso no necesariamente lo es. Sí, ¿acaso no es un cliché? Pero, a fin de cuentas, muy cierto.

He de admitir que he sido muy afortunado. Quizás, ese sea el problema...

Los vidrios de las ventanas vibraron bajo el mandato de un poderoso trueno. Por un momento, Antar se preguntó si aquella modesta cabaña se doblegaría ante la inclemencia del temporal. De pronto, sintió los dedos de Irene jugueteando sobre la piel de su pecho, mientras lo escuchaba con atención.

- A veces siento que toda mi carrera está cimentada en nada más que pura suerte; en la fortuna de haber nacido en una familia con las conexiones precisas que ayudaron a dedicarme a una vocación que pareciera estar desahuciada.

El ceño de Irene se frunció de esa manera única que Antar siempre había encontrado irresistible.

- No dudo que contaras con un apoyo que pocos tienen, – afirmó ella. – Pero no por ello debes restarle importancia al enorme talento que tienes.

- No sé, Irene... – respondió Antar, al tiempo que sentía cómo una de las comisuras de su boca se levantaba para formar una torcida y amarga sonrisa. – Pasé años afianzando mi reputación a través de la provocación sociopolítica. No recuerdo la última vez que escribí algo que me naciera del alma.

La expresión incrédula de Irene hizo que se le encogiera el corazón.

- No quiero decir que no crea en mis palabras, – continuó. – Ni en todas las causas que he defendido...Pero a veces quisiera escribir acerca de lo más mundano de la vida; de esos momentos aparentemente insignificantes, minúsculos a gran escala, pero determinantes a nivel subjetivo. Ese sentimiento anónimo que te arranca el aliento una mañana cualquiera al mirar por la ventana. Los círculos irregulares que se dibujan cuando cae la primera gota de lluvia sobre el empedrado seco, para luego filtrarse por los poros del adoquín hasta desvanecerse. Esos sueños en los que transcurren días, años, llenos de sucesos comunes y extraordinarios hasta que sin querer despiertas y la realidad parece ficticia...

Los labios de Irene dibujaron la más dulce de las sonrisas.

- ¿Y por qué no lo haces? ¿Por qué no escribir sobre esas cosas que te inspiran genuinamente?
- Yo sé que suena a tozudez de mi parte, y puede que lo sea; pero es difícil hacerlo cuando te

sientes agobiado por las expectativas de la gente a tu alrededor. Es complicado escribir desde el amor más puro cuando el amor que vives pareciera ser poco más que un interminable protocolo.

- ¿Te refieres a tu familia?
- Mi familia, mis editores, mis seguidores, mis relaciones. Todo.

Las cejas de Irene se elevaron sobre su tersa frente.

- ¿Tus relaciones?
- Sí. Breves y largas. Todas parecían constreñirse en la forma de una escalera. Ya sabes: pasos específicos qué dar, una trayectoria siempre definida, un ritmo constante...Miedo al compromiso, ¿no es así como le dice todo el mundo? Pero no; yo pienso que no es eso. Siempre he creído que si de miedo se trata, es solo a vivir una vida que no es mía. A extinguir el poco tiempo que me quede en huir de lo que verdaderamente tengo que hacer. Lo que sea que eso sea...

Antar sintió el pánico asirse de su garganta. Había pretendido evadir sus fantasmas más insaciables en un intento por mantener inmaculado aquel momento de comunión con Irene, pero no estaba seguro de que la esencia catártica del mismo le permitiese reservarse nada. Inspiró, sin embargo, una bocanada de aire con la que procuró llenarse los pulmones de su esperanza en la confianza que se había forjado entre ellos.

- Creo que ahora sabes que te entiendo bastante bien. – dijo ella, soltando una risilla desganada. – A veces, siento que no hay tiempo, igual que tú.

La deslumbrante luz de un rayo bañó la habitación por un instante, revelando en las facciones de Irene una intranquilidad cuyo origen Antar era incapaz de ubicar.

- Antar, – la voz de la joven vibró con el mismo titubeo reflejado en su semblante. – A veces siento que somos parte de una misma sustancia. Pero otras, siento que no te conozco en absoluto. Me cuesta trabajo imaginar tu vida cotidiana.

Antar extendió su mano para acariciar la mejilla de Irene.

- A mí también me cuesta imaginarla. Para serte franco, creo que dejé todo hecho un desastre. Proyectos sin terminar, eventos sin confirmar, gente a la que no sé cómo seguir frecuentando...
- Supongo que no es tan importante. – murmulló la joven. – Me refiero a que, no es la vida cotidiana lo que nos define, ¿o sí?

Una inclemente sinfonía de truenos hizo cimbrar la cabaña entera.

- Creo...Creo que ese es uno de mis miedos, precisamente. – respondió Antar, descubriendo aquel temor al mismo tiempo que lo confesaba. – No me agrada pensar que la cotidianidad nos define; pero con frecuencia pareciera que los días son devorados por la rutina, los itinerarios, los quehaceres, las listas interminables de pendientes...

En la oscuridad, los ojos de Irene no eran más que un par de diminutos fulgores sobre esferas inciertas, esperando a que el relámpago las develara.

- En realidad, – continuó el hombre. – Es un pensamiento que me asalta todas las noches, antes de dormir. El temor de que se ha ido un día más de vida, desechado, perdido para siempre a cambio de la más completa inconsecuencia. Pienso en el desperdicio de las horas vividas en intrascendencias, y me horrorizo ante las gigantescas torres resultantes de su apilamiento.

Antar cerró los párpados, permitiéndose inhalar la proximidad de Irene.

- ¿Tu vida era rutinaria?

La voz de la joven se deslizó como terciopelo por los caminos de su consciencia. Antar se mantuvo firme en proteger la sensualidad de sus sentidos, felizmente desprovistos de distracciones visuales.

- Sí, a veces lo era. – contestó.

Hubo una pausa silenciosa; al menos, tan silenciosa como la tormenta, con su violencia desenfrenada, lo permitía.

- Yo hubiera creído lo contrario. No tienes un trabajo que te ate a una oficina.

- No; tienes razón. Quizás, es una rutina más sutil. Tal vez no se trate de una sucesión de días en una semana laboral, pero con el pasar del tiempo se van forjando ciclos inesperados; repeticiones que parecieran no estar ahí hasta que te das cuenta...

Más silencio entre los dos. Más golpeteos incesantes de agua contra la techumbre; viento y trueno contra el vidrio de las ventanas. Más luminosidad penetrando el vientre de su compartida oscuridad, filtrándose por los párpados de Antar como si fuesen un par de finos visillos.

El colchón se movió con la inconfundible pérdida del peso de Irene. Antar renunció al refugio bajo sus párpados para encontrarse con que su compañera yacía sentada en el borde de la cama, colocándose una a una las prendas de ropa que juntos habían desperdigado por la habitación.

Temeroso a expresar en voz alta cualquiera de las preguntas que se apelmazaron en su cabeza, Antar miró a la hermosa joven en silencio. Tras algunos segundos, Irene habló sin devolver su mirada,

- Debería estar en la estación. Seguramente me necesitan allá.
- ¿Vas a salir en medio de la tormenta? No creo que eso sea seguro, Irene.
- He pasado demasiado tiempo fuera, incomunicada, no sé ni siquiera si requieren ayuda con algo. – su voz sonaba preocupada, y algo más, que Antar no supo cómo interpretar.
- La tormenta se ha agravado desde que llegamos; seguramente entenderán que esperes hasta que se calme.
- No sé cuánto tiempo vaya a durar. No puedo quedarme con los brazos cruzados.
- Pero, ¿es seguro que salgas justo ahora?

Irene lanzó un largo suspiro, al tiempo que terminaba de ponerse la playera. Se quedó inmóvil, con la mirada perdida en las vetas de madera de la pared.

- No debí haber venido aquí.

Aquella afirmación hizo que las entrañas de Antar dolieran como si de alguna forma pudiese estrujarlas, enterrando largas y filosas uñas invisibles.

- No te preocupes. Estoy seguro de que ellos entenderán perfectamente. — le aseguró, ignorando con todas sus fuerzas los temores que cinco simples palabras habían invocado en lo profundo de su ser.

- No... - comenzó a decir. Pero lo que fuera que intentara salir de su boca, jamás lo logró.

El hombre se incorporó e imitó el proceso de Irene para recolectar las prendas del suelo, de la cama, del sofá en una esquina de la habitación, e írselas poniendo mientras Irene amarraba las agujetas de sus botines.

- Antar, no creo que debas quedarte en Tortuguero. — afirmó ella, sin ápice de dubitación.

El trago de su propia saliva se sintió espeso y amargo en su recorrido por la garganta de Antar.

- ¿De qué estás hablando? ¿Qué pasó? ¿Qué dije? — intentó suprimir su creciente ansiedad sin éxito.

- No dijiste nada, Antar, no se trata de eso. Sólo es que...No creo que debas hacerlo.

- ¿Y el programa?

- La organización recibe aplicaciones de personas de todas partes del mundo. Seguramente pueden contactar a otros voluntarios que también califiquen y que puedan terminar la ayudantía de Kwame.

Ansioso, Antar deslizó una mano entre sus despeinados mechones de cabello azabache.

- ¿Y yo? – preguntó, con una voz tan grave que vibró en su pecho.

- ¿Tú?

Los ojos de Irene se posaron en los suyos por primera vez en varios minutos. Antar había visto esos ojos miles de veces: un par de pupilas contraídas sobre sus iris caoba, enmarcados por párpados avellanados inmóviles, reacios a pestañear más allá de lo necesario bajo dos cejas impávidas. Era la mirada de un invierno que lo había hecho agonizar de frío por años.

- Tú...No pierdes tu vuelo.

- Irene, ¿qué está pasando? ¿Quieres que me vaya? ¿Después de todo lo que acaba de ocurrir?

La habitación ardió con la blancura del relámpago, y Antar juró que no había nada en el mundo que odiara con tanta fuerza como aquella tormenta. Al menos, se dijo a sí mismo, era lo único que disuadía a Irene de salir de la cabaña.

- No guardes silencio. No de nuevo. – insistió él. – Hace unos minutos estábamos en la cama, platicando, acariciándonos, y de pronto quieres que me vaya del país. ¿Qué fue lo que cambió? Al menos dime qué estupidez dije para hacerte enfadar.

- No estoy enojada...

- ¿Entonces qué, Irene, qué? – la voz se le fue *in crescendo*, en contra de su sensatez. – ¡Porque feliz no estás!

- ¡Te estás buscando, Antar! – vociferó la joven; su careta, otrora impasible, fragmentada de repente. – Te estás buscando a ti mismo. No me estás buscando a mí, no realmente.

- ¿Qué carajos quiere decir eso?

- Dejaste todo atrás; tomaste un avión, camiones y embarcaciones para llegar hasta aquí porque hay algo en ti que no has encontrado. No es la rutina, Antar, ni tu familia, ni tus relaciones. Te parece que todo carece de significado porque hay algo en ti que debes hallar, algo que no has reconocido, y para ello tienes que indagar en lo más profundo de tu ser. Debes enfrentar demonios que no te has dado la oportunidad de nombrar siquiera. Y todo eso lo debes hacer solo. ¿Para eso viniste a Tortuguero, no es cierto?

- ¡Vine a Tortuguero impulsado por la certeza de que aquí se hallaba la respuesta a algo sin nombre que me he preguntado toda mi vida! Vine con la esperanza de encontrar el alma que creía perdida y te hallé a ti. ¡A ti, Irene! Toda brújula, todo sueño, toda conversación y poema; todo lleva a ti.

Irene enterró el rostro en sus manos, al parecer, exasperada.

- No, Antar. Todo lleva hasta *ti*.
- ¿Esa es tu gran conclusión sobre lo que te he confesado?
- Sí.

Una suave capa de melancolía cubrió los ojos de la joven. Antar podría haber sido embelesado por aquella imagen de no ser porque el corazón le latía en los oídos al compás de su impotencia y su rabia.

- Pondera tus propias palabras. Pondera la estructura misma de tu confesión con el cuidado que dedicas a tus versos. – la voz de Irene se suavizó con cada oración pronunciada. – Indaga entre tus sentimientos como cuando buscas la emoción que inspira tu poesía. Dices que desde el momento en el que me conociste, tuviste la certeza de que yo sabía algo de ti que tú desconocías. Te he confesado que todo este tiempo he vivido en la desquiciante certidumbre de sentir lo mismo que tú; he sido invadida por pensamientos y sensaciones que llegan a mi cabeza, ajenos, tan desconocidos como familiares, porque he sabido, al instante, que son tuyos. Y tú, en cambio, ¿sientes lo mismo que yo? No; me comparas con un acertijo, con algo que no puedes comprender.

Irene cerró los ojos, apretando los párpados con fuerza. Pareció buscar en silencio la fortaleza interna que le ayudara a seguir sin quebrarse. Finalmente, dejó ir el aliento que había contenido hasta ahora, inhaló una bocanada de aire y continuó,

- El sueño que te trajo hasta aquí no me incluye. Señala algo en tu interior que no es mío. Qué importa que todo mi ser me diga a gritos lo que es, cuando tú no podrías decirme ni siquiera cuáles son las pasiones que tengo a flor de piel. Tú para mí has sido un alma residente en mi corazón, mientras que, ¿qué he sido yo para ti? ¿Qué es lo que soy? ¿El espejo donde te miras?

- Irene, ¿qué es lo que estás diciendo? – Antar deslizó ambas manos por su propio cabello hasta cerrarse en puños que tiraron de sus gruesos mechones. — ¿Qué demonios importa cómo vivamos la mitad que nos corresponde de un mismo amor? ¿O también me vas a decir que esto no es amor?

Dos torrentes espesos y cristalinos de agua salada cayeron por las mejillas de Irene. Sus finos labios se apretaron en una mueca lastimera.

- No sé qué es Antar, pero si es amor superará el tiempo que necesites para encontrar eso que tu alma anhela.

- ¡Lo que mi alma anhela eres tú!

- Lo que anhela es lo que ve reflejado en mí y eso, ¡eres tú!

- ¡Así funciona el amor, Irene, las personas se enamoran del reflejo de su propia alma! ¡El reflejo del Universo mismo en la forma humana!

- ¡Eso no es amor! ¿Lo que sintió Narciso fue amor por el agua del río? ¡No! Fue amor por su propio reflejo.

Irene agachó la cabeza al tiempo que sus lágrimas abandonaban la tersura de sus mejillas para caer en picada hasta su regazo. Antar le dio la espalda y recargó sus tensas manos en el marco de la ventana. No había gotas en el vidrio, sino raudales de agua que se apretujaban contra su superficie, amenazando con ahogar la cabaña entera.

- No puedo creer que estemos teniendo esta conversación. – manifestó Antar, aún asomándose por aquella ventana que no revelaba más que impenetrable calígine. – ¿Sabes qué creo? Que estás tan aferrada a tu soledad y melancolía que harás lo que sea por apartarme de tu vida. Y no por primera vez.

- ¿Qué? ¿En serio?

- Sí, Irene, hablo en serio.

Antar se tornó de frente a ella nuevamente. Recargó la espalda sobre el vidrio frío, y la sensación, más allá de resultarle incómoda, pareció darle la concentración que necesitaba. La habitación resplandeció de repente, recordándoles de la presencia recalcitrante del relámpago. Su trueno rugió sin hacerse esperar.

- Aléjate de la ventana. – ordenó Irene. – Los rayos están muy cerca.

El hombre accedió sin chistar, pero solo dio un paso adelante, reacio a cerrar la brecha entre ellos.

- ¿Qué es lo que quieres? ¿Que te ruegue? – inquirió el hombre. – ¿Que te implore que te quedes conmigo? ¿En verdad, no te he hecho ver lo que siento por ti? ¿En verdad, no es suficiente?

Irene lo miró como si la hubiese abofeteado; como si le hubiese herido algo innombrable en el espíritu.

- Lo que quiero es que seas feliz. – dijo ella, con dolor en el timbre de su voz.

- ¿Y quién eres tú para definir mi felicidad? ¿Por qué estás haciendo esto, por qué lo saboteas?

- ¡Eso no es lo que estoy haciendo! ¿Qué es lo que esperas? ¿Que a partir de ahora seamos amantes, novios? ¿Que pasen las semanas, los meses, hasta que un día, lejos de Tortuguero, lejos de la novedad, fuera de la extravagancia de la jungla, te des cuenta de que me he convertido en tu nueva rutina?

Antar deseó bramar con la potencia del trueno. Deseó exorcizar su frustración e incredulidad con la incandescencia de aquellas descargas eléctricas que flagelaban la selva. En cambio, llenó sus pulmones de aire húmedo y amaderado, haciendo un esfuerzo por ignorar la fragancia de su pasión compartida, flotando aún en el ambiente.

- Tienes más inseguridades de las que estás dispuesta a admitir, Irene. Y utilizas las que yo te he confiado en mi contra.

- ¿Por qué siempre piensas que todo lo que hago es para hacerte daño, para rechazarte? – su voz sonó implorante por primera vez en toda la discusión. Pero Antar decidió que era muy tarde para retractaciones.

- Porque eso haces. Una y otra vez.

Los iris avellana de Irene se nublaron tras densas cortinas de lágrimas y su cuerpo se sacudió con la violencia irrefrenable de sus sollozos. Antar estaba a punto de cerrar la brecha entre ellos para estrecharla entre sus brazos y entregarse a cualquiera que fuera el destino que ella decretara, cuando Irene se incorporó de la orilla de la cama y corrió a la entrada de la cabaña.

Abrió la puerta y salió disparada escaleras abajo del diminuto pórtico. Antar lanzó la carrera detrás suyo, sintiendo la furia implacable de la lluvia sobre su ser. Afuera, la jungla era una mancha ininteligible hecha de agua, niebla y sombras. El sendero se había convertido en un arroyo resbaladizo y cenagoso que amenazaba con llevárselos por la ruta de sus más salvajes caprichos.

- ¡Irene!

Imploró Antar sin cesar ni consecuencia bajo la tromba. Pero sus zancadas lograron aventajar a los trancos erráticos de la joven. Antar estiró su mano hasta pescar la de Irene, quien volteó enseguida, impelida por el tirón. El fulgor de cientos de soles encandiló el mundo entero. Hizo arder la vida misma, haciendo estallar un dolor puntiagudo e inverosímil. La Tierra retumbó desde sus entrañas hasta la estrella más lejana. Y la realidad fue sumida en la más profunda negrura.

IX. El Mago

Los pensamientos de Kwame azotaron las paredes de su consciencia con la misma violencia con que el diluvio se precipitaba sobre los esteros y la costa de Tortuguero. De entre todos ellos, varias verdades se le habían ido asentando en el alma mientras empacaba sus pertenencias. La primera era que sería imposible abandonar Costa Rica hasta que pasara la tormenta.

Tan solo para salir del poblado, tendría que atravesar los canales en bote hasta el embarcadero La Pavona; una hazaña imposible bajo las presentes circunstancias. Aún cuando pudiera llegar ahí, tendría que tomar un primer autobús hacia el distrito de Cariari; luego, un segundo bus hasta la Gran Terminal del Caribe en San José, la capital costarricense, para, finalmente, abordar un taxi que lo llevara al Aeropuerto Internacional Juan Santamaría en la ciudad de Alajuela, a unos 20 km del centro de la capital.

Llegar al aeropuerto sería inútil, no obstante, mientras los vuelos estuvieran suspendidos. Si tan solo las estimaciones de Mariam hubieran sido acertadas y la tormenta hubiera tardado un día más en llegar a tierra costarricense, Kwame habría podido salir en alguno de los últimos vuelos disponibles.

Pero estaba la segunda verdad que, por mucho que le costara reconocerla, resultaba innegable: sin importar que llegara a Bermudas hoy, mañana o la próxima semana, Kwame no podría ver a Jason mientras estuviera en el hospital. Ante el mundo, él no contaba como uno de sus familiares, y los padres de Jason, opuestos a su relación desde un inicio, no harían nada por ayudarlo a entrar. No importaba que lo amara más que a los latidos de su propio corazón; eso era irrelevante en una sociedad que dividía el amor consensuado en niveles de legitimidad.

Kwame dobló su ropa y la introdujo en su maleta como si estuviese doblando su propia frustración, reduciéndola al tamaño más diminuto posible para luego guardarla; apartarla de su vista hasta que mutara en un sentimiento útil. No hizo lo mismo con su rabia ni su sed de venganza, a las que dejó correr libres por las carreteras de su torrente sanguíneo. El ardor con que hacían bullir su sangre alimentó mil y un escenarios imaginarios en los que tomaba justicia por su propia mano.

Los tres hermanos Jones no habían dado más que problemas a lo largo de sus cortas vidas. Jóvenes violentos y de ideas constreñidas, habían seleccionado a Jason desde la escuela secundaria como el objetivo principal de sus obsesiones, así como el desafortunado receptor de los maltratos motivados por ellas. El acoso había disminuido después de la etapa escolar, pero el conocimiento de su relación con Kwame hizo por avivarla y engrandecerla hasta peligrosas dimensiones.

Tanto él como su hermano, Kwasiba, —el mayor de los cinco hijos Philpott, después de Kwame— tenían la certeza de que ellos eran responsables del crimen, y que habían aprovechado la ausencia de Kwame para llevarlo a cabo. *¡Malditos cobardes!*, la frase resonó cíclicamente dentro de su cabeza, bañada de la pegajosa y cruda sustancia que era su impotencia.

Mas por mucho que deseara hacerlos pagar bajo sus propios términos, Kwame sabía que lo mejor sería asegurarse de que la ley se encargara del castigo. Por ahora, solo podía dar rienda suelta a su imaginación e implorar que el retraso impuesto por la tempestad sirviera para aplacar sus más violentos impulsos.

El intenso resplandor de un relámpago bañó cada rincón de la habitación, revelando hasta sus más irrelevantes recovecos; la prontitud con que fue seguido por su clamor delató la cercanía de su flagelo. Kwame inhaló largamente, hasta llenar sus pulmones de aire. Pensó que debía calmarse; de nada le serviría sucumbir ante la desesperación cuando afuera la naturaleza imponía su contundente toque de queda.

El hombre cerró su maleta, tomó su teléfono móvil y salió de la recámara. Respiró profundamente antes de dirigirse hacia la habitación contigua, donde, con toda seguridad, Irene debía estar distrayéndose con alguna lectura que le ayudara a mitigar su impaciencia ante aquella reclusión impuesta. Unas semanas conociéndola le habían bastado para notar que su amiga prefería mantenerse en constante movimiento.

Tocó a la puerta y esperó a que el rostro vivaz de la joven emergiera detrás del bloque de madera. Pero no recibió respuesta. Tocó una vez más. Recordó, al instante, haberla escuchado discutir con Antar. En ese momento, Kwame se sentía demasiado abrumado como para involucrarse, pero ahora lamentó no haberlo hecho. *¿Y si la discusión había sido seria?* El hombre no recordaba que el tono de la conversación le resultara alarmante; aunque debía admitir que con ese par, todo era posible.

- Irene, ¿estás bien? – preguntó, al tiempo que pegaba un oído a la superficie de la puerta.

Pero su única respuesta fue el golpeteo de las inclementes gotas de lluvia contra el edificio. *Tal vez, está dormida,* pensó. Kwame abrió la puerta cuidadosamente, al tiempo que caía en la cuenta de que cualquier ruido que produjera sería amortiguado por el fragor de la tormenta de cualquier modo. Se encontró con una habitación vacía.

Sus ojos se posaron en la cama, sobre el revoltijo de sábanas que Irene no se había preocupado por tender. Kwame creyó sentir la ausencia de la joven en la forma de un extraño silencio que nada tenía que ver con su sentido del oído; era como una vacuidad en el ambiente que atenuaba la intensidad del diluvio de manera estremecedora.

Kwame sintió cómo su rabia contenida era obliterada por el regreso de aquella ansiedad que había secuestrado su ser durante el resto día. Cayó espesa por la boca de su estómago. El pensamiento sin palabras de que algo andaba mal se arrastró subrepticio hasta afianzarse en su cerebro, envolviéndolo con los filamentos de sus paranoias cuales brazos de un obstinado pulpo.

Salió de la habitación con dirección a la oficina de Mariam. Encontró a la joven en compañía de Armando, gerente de la estación. El hombre, completamente calvo, fornido y de mirada afable, miró a Kwame con interés al tiempo que le ofrecía una sonrisa afectuosa. Su expresión cambió enseguida, reflejando, sin duda alguna, el angustioso semblante del hombre frente a él.

- Hola. ¿Saben dónde está Irene? – inquirió sin preámbulos, haciendo un esfuerzo por suavizar los rasgos de su rostro.

Mariam lo observó con visible curiosidad.

- Antar y ella fueron al *lodge* justo antes de que empeorara la tormenta.

Kwame la miró de vuelta, dubitativo.

- Supongo que fueron a comer y no han podido regresar a causa del *baldazo*[19]. – dijo Mariam, respondiendo a su pregunta sin palabras.

- ¿Se fueron en bote? ¿Están seguros de que están bien? – inquirió él, tratando de disimular su creciente preocupación. – La tormenta es impresionante.

- Kwame, tranquilo, no se preocupe; Marlon los llevó hasta el *lodge* de Antar. – aseguró Armando.

- Sí, claro. – afirmó él, ignorando si sonaba tan convincente cómo se proponía.

Mariam esbozó una empática sonrisa.

- Todo está bien; Irene sabe qué hacer en caso de tormentas. – la joven guiñó ambos ojos, gesto que

---

[19] Palabra utilizada en Costa Rica para referirse a una lluvia recia o profusa.

hizo que se le arrugara la nariz de forma simpática.

Kwame le devolvió la sonrisa más complaciente que su desasosiego le permitió. Mariam y Armando le preguntaron por su regreso a Bermudas, e intentaron confortarlo después de escuchar, sin ápice de sorpresa, que los vuelos se hallaban cancelados. Kwame apenas pudo concentrarse en sus amables palabras; su mente seguía sumergida en la misma bilis que revolvía sus tripas desde que se percatara de la ausencia de Irene. Algo, incierto y amorfo, le insistía que Irene estaba en peligro.

Pero, ¿por qué?, inquirió la diminuta parte de su cerebro que permanecía cuerda. Kwame no tenía respuestas, solo aquella sensación burda que resonaba como un eco del ominoso sentimiento que había antecedido a la reaparición de Jason.

Debía estar exagerando, sugestionado por la noticia del ataque hacia su novio. Irene conocía los protocolos de prevención tanto como él, y si bien tenía sus reservas hacia Antar, le resultaba impensable que siquiera intentara hacerle daño a Irene. *Entonces, ¿por qué lo invadía aquel recalcitrante presentimiento?*

Después de escuchar a medias las palabras de Mariam y Armando, Kwame se ofreció a ayudarles en lo que se necesitara, pero le aseguraron que, de momento, no podían hacer más que esperar a que pasara la tempestad; un recuento de los posibles daños en la estación, luego en la playa y el poblado tendría que realizarse, no obstante, en cuanto el clima lo permitiera. Kwame se excusó enseguida y dejó que Armando y Mariam retomaran su previa conversación.

Salió disparado hacia el área de dormitorios de los asistentes de investigación. Una vez ahí, se quedó en la antesala, alternándose entre caminar dando vueltas por la pequeña habitación y quedarse inmóvil con la cabeza gacha; la mirada puesta en algún punto incierto e irrelevante. Decidió enviar un mensaje al móvil de Irene.

Decenas de miradas vacías, vueltas sin rumbo y vistazos a la pantalla de su celular después, la zozobra terminó de quebrantar el espíritu de Kwame por completo. Sus opciones, sin embargo, eran claras: podía tranquilizarse en lo posible y esperar a que cesara la tormenta, o salir a buscarla contra todo sentido común.

Kwame sabía cuál sería su resolución. Había ignorado a sus vísceras una vez, con resultados catastróficos —aún cuando se hallara impotente, a un mar de distancia. El sentido común le importaba un comino. Si hubiese hecho caso de su intuición, habría pedido la ayuda de Kwasiba desde un inicio, acelerando el rescate de Jason con toda probabilidad. *No.* No ignoraría aquel sentimiento una segunda vez.

En un santiamén, un plan se formó en su cabeza. Kwame se enfundó su chamarra impermeable, salió discretamente al pórtico, —agradeciendo para sus adentros que el estrépito del aguacero anulara por completo el crujido de la madera bajo sus pies–, bajó las escaleras de madera, y abandonó con cautela el edificio de los dormitorios, dejando detrás sus paredes verde limón y su pintoresco techo a dos aguas.

Se encaminó con paso firme hacia el muelle, temeroso de que, por alguna razón ignota, Marlon no hubiese buscado refugio y, en cambio, se encontrara en la cercanía. Una pizca de suerte, al menos, acompañaba a Kwame ese día, ya que encontró ambos botes desatendidos. Eligió la barca llamada Peggy, y se dispuso a abandonar la orilla.

Navegar le resultaba a Kwame casi tan natural como caminar. Más de quince años piloteando el catamarán de su familia, —así como cualquier embarcación de la que tuviera oportunidad de echar mano–, no habían pasado en vano. Pero las aguas desconocidas de Tortuguero, coléricas bajo los influjos de la tormenta, representaron un reto de cualquier forma.

La lluvia torrencial formaba innumerables cortinas de bruma y agua que imposibilitaban franquear los canales con certeza visible, mientras que la marejada agitaba el bote peligrosamente. Kwame sometió la embarcación a su resoluto mando, invocando en su memoria la ruta al *lodge* con toda la concentración de la que era capaz.

A sus costados, más allá de las aguas revueltas del estero, el cielo descargaba su ira eléctrica contra la tierra firme, revelando el camino momentáneamente, al mismo tiempo que cegaba al solitario navegante. El ventarrón, por su parte, enmarañaba la espesura hecha de palmas, hierbas y helechos, abofeteando sus hojas con ferocidad. Más allá de las aguas transitables, los yolillales[20] se resignaban al incesante azote del ciclón.

En todas partes, las criaturas de la jungla habían huido a sus guaridas, en busca del cobijo que Kwame había desestimado en favor de una corazonada.

Ésta lo guió cual faro luminoso a través del otrora pacífico pantano que, convertido en una feroz vorágine de tierra, viento y agua, parecía el producto de una perturbadora pesadilla. Kwame sintió como si toda su caja torácica se sacudiera con el salto que su corazón dio

---

[20] Terreno natural en donde el suelo permanece inundado todo el año, formado casi exclusivamente por yolillo (*Raphia taedigera*), el cual es una palma de troncos múltiples y hojas muy largas que crece en lugares pantanosos de las zonas de clima caliente y húmedo.

cuando, por fin, atisbó el muelle del lodge en la distancia. Dirigió la embarcación hacia él con brazo firme y resolución inquebrantable.

Una vez ahí, aseguró el bote y tomó el sendero hacia el *lodge* bajo el plúmbeo manto de la lluvia. Sus pasos, vacilantes sobre el suelo cubierto de fango, lo llevaron instintivamente hasta el restaurante donde habían comido aquel fatídico día que trajera consigo la llegada de Antar, la resultante inquietud de Irene y el silencio de Jason; su voz y su consciencia, arrebatados en contra de su voluntad.

Debió haber parecido un loco ante los ojos del personal del lugar cuando entró en el recinto, empapado hasta el alma, hurgando el espacio con ojos desorbitados. En el comedor yacían un par de meseros y un guardia que lo miraron con evidente confusión.

- ¿Dónde se hospeda Antar Olivares?
- ¿Disculpe? – inquirió el vigilante.
- Es una emergencia, necesito saber dónde está Antar Olivares.

Las miradas que intercambiaron los hombres entre sí le confirmaron que, en efecto, debían creer que estaban en presencia de un maniático.

- *Fat!* [21] – exclamó Kwame, sucumbiendo con velocidad ante al exasperación. Miró al vigilante a los ojos, y le dijo con voz suplicante, - Venga conmigo. Necesito saber si una persona que acompaña a Antar Olivares está bien. Es mi compañera de trabajo. Por favor. Venga conmigo.

El hombre se quedó inmóvil, mirándolo con vacilación pintada en la cara. Pero la expresión apremiante de Kwame pronto infiltró sus defensas, y el guardia mocionó a que lo siguiera, al tiempo que lanzaba un soplido de resignación y se echaba la capucha de su abrigo impermeable sobre la cabeza. Tomó enseguida su *walkie-talkie* y lo colocó a la altura de su boca. Después de establecer comunicación, preguntó por la cabaña que correspondía a Antar.

- Sí, el huésped Antar Olivares. La cinco. Entendido, gracias. – lo escuchó decir, mientras se aproximaban a la puerta por la que había entrado Kwame.

Salieron del restaurante a toda prisa, hacia la cacofonía pluvial que había saturado los oídos de Kwame tan solo minutos antes. El guardia lo guió a través del sendero resbaladizo, con pasos cuidadosos que retaron la ya menguante paciencia de Kwame. Cuando por fin

---

[21] Eufemismo utilizado en las Islas Bermudas en lugar de *fuck*, es decir, mierda o joder.

llegaron a la cabaña que el guardia señaló como la indicada, el hombre se abalanzó escalones arriba, cruzando el diminuto pórtico hasta la puerta de madera marcada con el número cinco.

Entonces, vio con estupor que la puerta yacía entreabierta. Titubeante, la empujo para revelar lo que ya sospechaba: otra habitación vacía. Una escalofriante quietud impregnaba el ambiente del mismo modo que había percibido Kwame en la recámara de Irene. Todo parecía intacto, a excepción de las sábanas revueltas en la cama. Escudriñó el piso en busca de huellas enlodadas, pero solo alcanzó a atisbar lo que parecían rastros de lodo más o menos seco; nada que indicara pisadas demasiado recientes.

Salió una vez más al pórtico, donde lo esperaba el guardia con mirada inquisitiva.

- No hay nadie. ¿Dónde pueden estar? – le preguntó a gritos, pretendiendo hacerse escuchar por encima de la algarabía de la lluvia.
- ¿Está seguro de que están aquí? ¿No los habrá atrapado la tormenta en el pueblo?
- Estoy seguro. Conozco al barquero que los dejó aquí.

El guardia se encogió de hombros, con el ceño fruncido de frustración. *¿Dónde podrían estar?*, fue la pregunta que se alzó por encima de sus pensamientos, y la que intentó desesperadamente enmudecer la certeza reforzada de que algo malo había sucedido.

Sin concederse un segundo más para pensar, Kwame se arrojó una vez más hacia la inclemencia de la tempestad. Vagó sin rumbo a través del sendero bordeado de selva. El viento le abofeteó el rostro como si lo reprendiera por su insensatez, pero sus pies lo llevaron impulsados por aquella fuerza visceral que lo tenía secuestrado.

- ¡Irene! – vociferó sin sentido bajo el clamor de aquel diluvio. - ¡Antar!

Kwame corrió por la jungla, enloquecido por la culpabilidad de haber dudado de sus entrañas y por aquella certidumbre sin nombre ni razón.

Sus pasos no lo llevaron demasiado lejos; pronto, vislumbró dos cuerpos colapsados sobre el fango, bajo el yugo impecable de la lluvia. Sus entrañas dieron un vuelco en el preciso instante en que reconoció las figuras de Antar e Irene, inexplicablemente inertes, una al lado de la otra.

Las piernas de Kwame flaquearon mientras daba las últimas zancadas hacia ellos, hasta que cedieron ante su peso, desplomándose a un costado de Irene. Si Kwame tenía lágrimas en los ojos, le resultaba imposible distinguirlas de los pesados torrentes de agua que se precipitaban por todos los contornos de su rostro.

- ¡Irene! – gimió, impotente bajo el estrépito de la tempestad.

Perplejo, miró sus ropas desgarradas; los bordes de sus oquedades chamuscados. Fue entonces que comprendió lo que había ocurrido: Antar e Irene habían sido fustigados por el poderoso flagelo de un rayo.

- ¡Ayuda! – gritó, enseguida. - ¡Ayuda!

Kwame palpó el cuello de Irene en busca del pulso de su vena yugular. Al no hallarlo, colocó ambas manos sobre su pecho y comenzó a presionarlo en cortos intervalos de tiempo. En la periferia, alcanzó a escuchar la voz frenética del guardia pidiendo refuerzos. En un santiamén, el hombre se tumbó a un lado de Antar y repitió el mismo procedimiento que seguía él con Irene.

Una y otra vez, las palmas de Kwame cayeron con fuerza sobre el pecho de la joven, presionando el corazón que había animado el cuerpo de su amada amiga, y del que ahora imploraba su despertar.

Come back![22], gimoteó con la voz baja y el espíritu quebradizo. *Come back, my Ace Girl.*

---

[22] *¡Vuelve!*

X. La Revelación

Las estrellas miraron a Irene. Miles, millones de ojos centelleantes dirigieron su atención a su diminuta figura, errante en un mar cuyos límites, si existían, era imposible discernir. Irene las miró de vuelta, sintiendo como si cada uno de sus destellos le tocaran el rostro, haciéndole suaves cosquillas que disparaban escalofríos sobre la piel de su rostro, expuesta a la intemperie.

Pronto, se dio cuenta de que el resto de su cuerpo se hallaba envuelto por la extraña pero bienvenida calidez del agua. Descansaba boca arriba sobre alguna superficie rígida que flotaba en mares insondables. La conducía con placentera parsimonia hacia un destino ignorado. Los dóndes, cómos y porqués amenazaron con asomarse en la periferia de sus pensamientos, pero el esplendor de aquel cúmulo estelar frente a sus ojos la había hecho presa de una fascinación sobrecogedora.

¿Acaso hacían música? Por un instante creyó escuchar alguna resonancia procedente de esos cuerpos celestes que parecían observarla con tremebundo interés. Eran

como un coro que entonaba una melodía sin sonido, a través de la frecuencia de su resplandor. Fulgores níveos, dorados, índigos, bermellones y violetas titilaron para crear una música áfona, tan espléndida como inquietante.

Irene inspiró hasta llenarse los pulmones de aquella luminiscencia estelar; pero cuando espiró, terminó por vaciar las oquedades de su previo embeleso, dejándolas libres para ser henchidas con las interrogantes de su razón. La secuencia de eventos que habían precedido a su insólito despertar, se proyectó confusa y enmarañada en el ojo de su mente.

¿A dónde voy?, fue la primera pregunta que logró formular su pensamiento con claridad. *A casa*, escuchó la respuesta en su cabeza; pero Irene tuvo la certeza de que provenía de algún lugar —de alguna consciencia— fuera de ella. Irguió la espalda de manera instintiva hasta sentarse. Por un momento, temió perder la calidez del agua, pero fue abrazada enseguida por una agradable brisa, de una temperatura no tan distinta a la del mar.

Se encontró con que su embarcación era, en realidad, el enorme caparazón de una tortuga baula. Un resoplido de sorpresa abandonó sus labios. *Todo está bien*, escuchó aquella voz ajena en la intimidad de su propia mente.

Irene lanzó una mirada inquisitiva a la cabeza de la tortuga, pequeña en comparación de la enorme nave que era su coraza. *Así es*, dijo el ancestral reptil, respondiendo a la pregunta de si era ella quien hablaba en aquel lenguaje sin palabras. La mujer pensó que debería sentirse sorprendida; pero algo en aquella situación le resultaba inexplicablemente familiar.

¿Antar está bien?, se animó a inquirir haciendo uso de aquella comunicación muda. Esta vez, recibió silencio; uno que se prolongó por varias olas fugaces, pestañeos estelares, cometas viajeros. En lugar de preocuparse, la joven intuyó que había hecho una pregunta cuya respuesta era ambivalente. *¿Dónde está Antar?*, reformuló, recibiendo inmediatamente la afirmación de que pronto se encontraría con él.

Eres una tortuga, se animó a exclamar en voz alta, mientras observaba, absorta, las caprichosas ondulaciones que las aletas del animal provocaban en la superficie marina. *Eso soy*, manifestó la tortuga; *Eso y muchas cosas más*. Alguna parte de Irene –que ahora le resultaba primitiva y distante–, demandó saber cuáles eran aquellas cosas; mas la voz fue obliterada por un sentimiento de profunda reverencia hacia la criatura.

Decidió reclinarse una vez más sobre el amplio caparazón. Suspiró largamente, al tiempo que sentía el agua envolver su cuerpo. Arriba, en lo alto de la bóveda celeste, la galaxia entera parecía sonreírle. De pronto, los astros se reconfiguraron ante sus ojos; danzaron con elegante sosiego dejando tras de sí una estela fulgurante como evidencia de su trayectoria por el firmamento. Boquiabierta, Irene presenció las decenas, quizá cientos, de figuras que describían sus caminos lumínicos, las cuales eran reminiscentes a las siluetas de flores y hierbas, de una exquisitez como jamás había visto, que se bifurcaban en réplicas cada vez más diminutas. Móvil, viva frente a ella, la floresta estelar bailoteó como impulsada por una respiración melódica.

De súbito, la joven fue invadida por el deseo de mirar hacia abajo, tentada por la convicción —sin origen manifiesto— de que los mares serían espejo de aquel universo danzarín. Se incorporó nuevamente y asomó la cabeza más allá del borde del caparazón.

El océano probó ser la plétora de constelaciones que había anticipado; pero más que reflejar con exactitud aquella composición celestial —conformada por estupendos cicloides[23] que parecían dibujados con la ayuda de un espirógrafo divino—, sus aguas eran un

---

[23] En geometría analítica, se trata de una curva contenida en un plano, descrita por un punto fijo en una circunferencia cuando ésta rueda a lo largo de una línea recta.

hervidero de figuras anfractuosas[24] que se asomaban desde profundidades imponderables, desprendiendo una luminiscencia hipnótica.

Irene sintió un vértigo ingrávido, al tiempo que su razón intentaba calcular sin éxito la dimensión de aquel abismo. Vio que ahí, en lo recóndito de la negrura, las figuras fosforescentes se mecían al compás de la misma melodía cadenciosa que guiaba a los fractales en lo alto del espacio sidéreo. Abrumada por el hallazgo de que se hallaba flotando sobre un mar de una vitalidad y envergadura que escapaban su entendimiento, Irene dirigió su atención una vez más hacia la bóveda celeste.

Fue en ese preciso instante que la tortuga levantó el vuelo, flotando lejos de la superficie marina cual cosmonave. La sensación de elevación sobresaltó a Irene, quien se aferró a la coraza de la tortuga con el afán de no caer. Su compañera, por su parte, tranquilizó su aprensiva mente sin emitir sonido alguno, asegurándole que habían llegado a un momento crucial del viaje.

La vorágine marina se hizo cada vez más distante; aunque no por ello menos perturbadora. Por el contrario, la distancia proveyó una perspectiva mucho más amplia, e Irene pudo advertir sus escalofriantes dimensiones. El mar, desprovisto de la oscuridad que ocultaba sus

---

[24] Quebrado, sinuoso, tortuoso, desigual.

misterios, le resultó algo tan maravilloso como aterrador.

Pronto, emergieron en la vaciedad del espacio exterior, permeado de una quietud que la reconfortó en el alma. Irene vio su roca bañada de agua desaparecer en la lejanía, al tiempo que era impelida hacia un horizonte cuya naturaleza aún insistía en negarse. Despertar del sueño que era la vida en la Tierra era un proceso desgarrador; la reticencia a abandonarlo, tan solo la antesala a un consuelo inimaginable.

Novas, supernovas, nebulosas, cuásares y púlsares; todos volaron imparables a ojos de la joven, quien inspiró un aire inexistente, proveedor de la calma que solo podía venir con la aceptación de lo inevitable. Entonces, cuando su espíritu era saciado con el maná de esa, su galaxia, Irene lo vio: el errante de azules y amarillos.

¿Podía cohabitar la más rotunda negación al lado de una nostalgia emanada del recuerdo?, se preguntó en silencio, insegura de si la tortuga podía escuchar hasta sus más recónditas cavilaciones. Su silencio le dijo que, incluso si lo hacía, ésta era respetuosa de aquella privacidad que a la joven cada vez le parecía más artificiosa. Irene se dejó embargar, entonces, por sus sensaciones más contradictorias al tiempo que su destino se hacía visiblemente más grande frente a ella.

Las imágenes de aterrizajes forzados de naves espaciales que alguna vez viera en documentales y películas no eran más que un revoltijo confuso en alguna parte remota de su mente terrena, que insistía en aferrarse a una realidad que ahora carecía de sentido, pues ambas, tortuga y mujer, acariciaron la superficie neblinosa de aquel mundo cual pétalos mecidos por una gentil brisa.

Era como si la tortuga jamás hubiera dejado de nadar; las aguas cósmicas eran tan solo otro tipo de océano qué sortear. Irene estiró una mano delante de ella. La agradable calidez del aire tomó a la mujer por sorpresa, quien no había anticipado una sensación tan placentera. Sus dedos rasgaron las densas nubes ambarinas formándoles ojales que provocaban sendas espirales de vapor.

Gracias, Tortuga, emanó el agradecimiento de lo que, sospechaba, debía ser su corazón. Irene sintió como si la criatura sonriera, en respuesta, dentro de su propia alma; como si las sonrisas nunca hubieran sido un gesto meramente, sino el sentimiento que las provocaban. Irene se tornó hacia el frente, para admirar el destino próximo: un vasto lago que se vislumbraba entre el celaje; sus aguas cristalinas y plateadas, a la vez.

Sobrevolaron la argéntea laguna, flotando apenas por encima de la superficie que, tremolante, la salpicó de rocío. Más que sentirlo en la piel, Irene podría haber jurado que lo escuchaba repicar dentro su mente cual dulce campana. A lo lejos, algo parecido a un bosque bordeaba la orilla. Las aletas de la tortuga cortaron las calmas olas; se introdujeron hasta sumergirse por completo.

El agua que envolvió las piernas de la joven era una sustancia espesa, si bien deleitable al tacto. Pronto, la arboleda se hizo discernible a sus ojos, aún cuando fuera innecesario: Irene conocía bien su espesura purpúrea envuelta de bruma turquesada, hogar de millones de fulgores ígneos no más grandes que la más pequeña de las luciérnagas.

Llegaron en un santiamén a la orilla. Irene se apeó del caparazón de su compañera. Sus pies se hundieron en una arena cristalina: cada grano parecía un diminuto diamante cuyas numerosas caras reflejaban la luz de aquel cielo poblado de refulgentes nubes. Irene miró el rostro de la tortuga de frente por primera vez. Se encontró con el par de ojos más dulces que había visto jamás: dos esferas negras que contenían universos enteros. Dos obsidianas, custodias de un amor infinito, tan reminiscentes a la mirada de Antar.

*Antar...*Irene miró tras de sí, en dirección del bosque, como si lo hubiese escuchado llamándola. Sabía que debía irse, pero la idea de separarse de su querida amiga la entristecía sobremanera. *¿Te volveré a ver?*, le preguntó, al tiempo que volvía la mirada a ella. La tortuga alargó su cuello y levantó su cabeza. *Yo siempre te acompaño*, respondió en aquel lugar compartido dentro de su mente.

Entonces, ante la mirada atónita de Irene, el cuerpo de la tortuga se desvaneció en diminutas partículas, similares a los diamantes que conformaban aquel extenso litoral, las cuales viajaron en el aire hacia el cuerpo de Irene, donde se fusionaron hasta obliterar rastro alguno de haber existido fuera de ella. Aquel par de ojos, infinitudes contenidas, fue lo único que permaneció íntegro para consumar, al fin, el mismo destino que el resto de la tortuga.

Invadida por una placidez que solo podía atribuir a la tortuga vuelta esencia dentro de su ser, Irene cruzó el bosque. Tomó su tiempo para levantar la mirada y contemplar las altísimas copas de los árboles, pobladas de ramas y hojas que dibujaban composiciones helicoidales. Caminó con calma entre enjambres de luciérnagas que se organizaban para describir curiosas figuras en el aire, moviéndose al compás de una música desconocida.

Después de un tiempo incierto en aquel lugar donde las unidades de medición carecían de sentido, Irene emergió de la espesura para encontrarse con una visión alucinante: frente a ella, se extendía un inmenso ágora circular hecho de rocas talladas cuya superficie presentaba una sutil iridiscencia. La bordeaban lagos y cascadas de las mismas aguas argénteas que el lago donde había aterrizado. Arriba, una enorme porción del cielo nocturno, completamente despejada de nubes, hacía las veces de una mirilla por la que se asomaba la galaxia entera.

Aún más impresionante era, quizá, la multitud reunida a lo largo y ancho de la explanada: seres humanoides, de un aspecto casi indistinguible a causa de una luminosidad que emanaba de su piel desnuda. Yacían sentados en el ágora con el rostro orientado a lo alto del firmamento. Pronto, Irene escuchó —y sintió— las vibraciones de sonidos espectrales que solo habría podido describir como algún tipo de coro seráfico.

Era una música que jamás había experimentado. Dio un par de pasos vacilantes en dirección de las criaturas, en un intento por distinguir sus facciones, de suerte que confirmara si aquella sinfonía sobrehumana provenía de ellos. Procuró permanecer desapercibida, no fuera a interrumpir la fabulosa polifonía.

- *¿Están...Cantando?* – susurró Irene.

- Así es.

Escuchó la voz, tan familiar, tan cercana. Sabía que pertenecía a Antar. ¡Lo había encontrado! Era profecía hecha. Titubeó en tornarse, insegura de qué haría si lo hallaba convertido en un ser de luz como los demás. De súbito, algo en su interior le aseguró que no había nada qué temer: lo vería tal como ella quisiera verlo.

Volteó, al fin. Se encontró con la más tierna mirada que había visto en los ojos de Antar. Irene sintió que el corazón le estallaba de felicidad. Ahí estaba, frente a ella; completamente a salvo. Ambas bocas reflejaron sus sonrisas mutuamente.

- Están cantando, Irene.

- Pero, ¿cómo?

La joven miró de soslayo el ágora. Cada uno de los seres miraba en direcciones distintas sobre la cúpula celeste, pero era imposible saber si poseían bocas.

- Tú sabes cómo. – dijo Antar, con infinita paciencia asomándose en el tono de su voz.

Irene sintió el peso de sus palabras asentársele en el alma. Era probable que lo supiera, como tantas otras cosas que había sabido hasta el momento. Colocó su mirada en el cielo nocturno y, entonces, los vio. Millones de astros respiraban, vivos, allá en la inmensidad del cosmos, y su hálito era un tañido que reverberaba a través de la materia, cual huella indiscutible de su existencia.

Cada uno de los seres luminosos había elegido un lucero afín a su esencia; la había afinado hasta alcanzar una armonía que expresaba aquella, su comunión estelar. Irene sintió el calor de una lágrima solitaria precipitarse por su mejilla. Se vio embargada por una adoración portentosa, insubordinada y libre, tremendamente libre, de ataduras o deberes.

- Ahora lo recuerdas. – dijo Antar en voz baja.

Irene volvió su rostro hacia él.

- ¿Qué hacemos aquí, Antar? ¿Acaso hemos muerto?

Los gruesos labios del hombre dibujaron una tierna sonrisa. Comenzó a caminar fuera del ágora, indicándole que lo siguiera. Tomaron un estrecho puente que se extendía sobre uno de los amplios lagos rodeados de cascadas. Sus aguas plateadas murmuraban secretos milenarios.

Llegaron al centro del puente, a una pequeña plataforma circular. Las mismas piedras iridiscentes que se observaban en toda la construcción, se hallaban dispuestas una tras otra para describir una delicada espiral. Antar se detuvo en este punto y se giró para observar a Irene.

- Estamos en casa. Pero podemos marcharnos, si así lo deseamos.

Las emociones de Irene borbotearon por su torrente sanguíneo. No sabía si las palabras de Antar le proporcionaban alivio; el único sentimiento que podía identificar era la nostalgia. Se sintió repentinamente dividida entre aquel hogar reencontrado y el mundo que había dejado atrás.

- Antar... – suspiró Irene.

Deseó con todas sus fuerzas tocarlo. Estiró una mano temblorosa hacia él.

- Irene, sigues olvidando; no es necesario. – habló él con completa calma.

Los ojos del hombre la observaron con intensidad al tiempo que Irene sentía su corazón, su mente, el núcleo mismo de su ser, sacudirse como por causa de una descarga eléctrica. Aunque la sensación era abrumadora, no la estremeció con la violencia del rayo que los había despertado del sueño terreno, sino que la hizo sentirse abierta; desdoblada, de repente, de la pequeñez en que había permanecido envuelta —por lo que parecía— tanto tiempo.

Se halló en la mente de Antar, a través de un portal que siempre había estado allí, entre los dos. El hombre le dio la bienvenida a los senderos de sus memorias, sus cavilaciones, las impresiones que se reconfiguraban a cada instante, y las profundidades de lo que conformaba su existencia más cruda; así como la más etérea.

Se paseó por las reminiscencias, ahora compartidas, de su vida en la Tierra, pero éstas resultaban asombrosamente breves en comparación de los parajes de su existencia más allá de aquel mundo. Irene estaba ahí, en toda encrucijada, camino paralelo, rotonda y escalera de caracol. Juntos, se habían aventurado a cosmos, realidades y vidas discordantes, contrastantes unas de otras, en formas que la Irene antes del rayo hubiera encontrado inimaginables.

Pero la Irene antes del rayo era solo una partícula breve en el arenal de su existencia que, al borde del mar infinito del cosmos, constituía una de las muchas playas en las que rompían las olas de la consciencia universal. Sin áreas limítrofes, sus arenas se entremezclaban con las de tantos otros seres, incluyendo las de Antar.

¿Quiénes eran sino una misma esencia que se dividía en experiencias disonantes pero, al final, siempre reunidas? Hermanos en el errante de azules y amarillos, amantes unidos en tantos mundos y amantes trágicos en la

pequeña roca azul pálido; Irene comenzó a recordar las numerosas caras y aristas de su conexión.

- Antar, si volvemos...¿Estaremos separados? – preguntó ella, anhelando escuchar su voz nuevamente.
- Nos comprometimos al rechazo para nuestra vida en la Tierra. Pero aunque allá estemos separados, en realidad, permanecemos unidos aquí.
- ¿Comprometidos al rechazo?

Irene tuvo la certeza de que no necesitaría indagar muy lejos en su propia mente para encontrar la respuesta, pero insistió en recibirla por parte de Antar.

- Así es. Escogimos la fragmentación, el apego a la despedida y la renuncia, como uno de los caminos para engrandecer la comprensión del universo sobre sí mismo. También para experimentar el goce de la reunión, más allá de las pasiones mortales, en la ecuanimidad.

Antar se veía como el mismo Antar antes del rayo, y la parte terrena, aún fulgurante dentro de Irene, deseó volver para estar con él así, tal como eran, allá en su errante cubierto de agua.

- Nuestro compromiso...¿Es irrompible?

Irene permaneció cerrada al entendimiento que trascendía palabras; quería escucharlo de boca del hombre.

- No, no lo es. Podemos decidir sobrepasarlo, con el riesgo que conlleva regresar a nuestros sentidos limitados; nuestras estrellas mitigadas.

Entonces, Antar le regaló esa sonrisa que saciaba la sed de su mirada tanto como enardecía su corazón. Irene le sonrió de vuelta, abriendo su mente una vez más a la íntima comunión de sus mentes enlazadas. *Hagámoslo,* le dijo sin pronunciar palabra alguna. *Regresemos, Antar.*

XI. La Rueda de la Vida

La luz matutina golpeó la superficie vítrea de las aves, que suspendidas a distintos niveles por sendos filamentos de metal, la proyectaron sobre las paredes de la habitación, transmutándola en caprichosas manchas de colores sobre su superficie blanca. Irene se complació de ver el atrapasoles[25] entintado por el fulgor del Sol; la noche anterior no había podido más que imaginar su efecto lumínico.

Habían llegado después del atardecer a su casa temporal en la calzada Hayfield, a unos cuantos minutos del centro de la ciudad de Oxford, en Inglaterra. La feliz pareja había elegido la recámara principal, como era de esperarse, e Irene no chistó en ponerse cómoda en la segunda habitación de la planta alta; se sintió inmediatamente complacida por su sencilla pero

---

[25] Un *suncatcher* (en inglés), o atrapasoles, como se le conoce en español, es una pieza o conjunto de piezas de vidrio reflectante o nácar que se cuelga en el interior de las ventanas para "atrapar la luz" de una fuente cercana. Puede considerarse un equivalente óptico de un carillón o campanillas de viento.

encantadora decoración, así como por los numerosos libros que descansaban en las paredes.

Un vistazo rápido a los títulos de los variados tomos fue suficiente para que sintiera curiosidad de conocer a los dueños de la residencia. El destino no había favorecido su encuentro, y la entrega de las llaves que usarían durante los siguientes días había quedado a cargo de un familiar, o quizá, un amigo de confianza, no estaba segura cuál.

El hombre los había recibido sin alharaca alguna; su aire rutinario hizo pensar a Irene que quienquiera que fuera el propietario, debía ser común que se encontrara fuera de la ciudad. *Qué más da*, se dijo Irene al tiempo que removía un libro sobre ornitología de uno de los estantes. Lo importante era que Kwame había encontrado un excelente alojamiento a poco más de diez minutos del hermoso jardín donde intercambiaría, al fin, votos con Jason.

Los pensamientos de la joven fueron interrumpidos por un par de golpeteos a la puerta. *¡Adelante!*, exclamó de inmediato. El radiante rostro de Kwame emergió al instante.

- ¡El desayuno está servido! — afirmó con entusiasmo.

Irene entrecerró los ojos en muestra de sospecha.

- Huele a tocino, ¿acaso metiste mano en la cocina?

Kwame lanzó una carcajada.

- No, no, ¡Jason hizo todo, lo juro! – cruzó su corazón con el dedo índice. – Son *jacket potatoes*[26]; vegetarianas para usted, bella dama, y carnívoras para mí.

Irene replicó la amplia sonrisa que le dirigía el más querido de sus amigos.

- Bajo enseguida. – prometió ella.

Kwame desapareció detrás de la puerta, dejando tras de sí un fulgor que rivalizaba con el resplandor otoñal filtrándose por la ventana.

Irene no podía creer lo jubiloso que se veía su amigo; era como si la alegría que lo había caracterizado en sus días en Tortuguero hubiese sido una mera pizca, una prueba nada más, de la felicidad de la que realmente era capaz. Verlo de esa manera hacía que el corazón se le hinchiera de gozo por él; le envolvía el alma de una calidez que hizo palidecer, aunque fuera por un momento, las sensaciones que la tenían aturdida desde que abriera los ojos al amanecer.

---

[26] *Jacket potato* es un platillo típico de la cocina inglesa. Se trata de una patata blanca horneada, de interior blando y piel crujiente, que se sirve cortada por la mitad, untada con mantequilla. También puede prepararse en una variedad de versiones con cubiertas o rellenos distintos, tales como queso, crema agria, cebolla frita, etc.

Devolvió el libro, apenas ojeado, a su respectivo estante, y echó un último vistazo fuera de la ventana, hacia las casas enfiladas una al lado de la otra, con sus ladrillos naranjas y sus techos a dos aguas cubiertos de tejas oscuras que enmarcaban largas chimeneas, y hacia los altos árboles cuyo revoltijo de hojas verdes y cobrizas delataban el proceso de metamorfosis al que la estación los sometía.

Se dirigió finalmente escaleras abajo, guiada por una armonía de deliciosos aromas que la invitó a cruzar el diminuto recibidor, seguido del pasillo y la acogedora estancia hasta llegar a la cocina. Era por mucho la habitación más luminosa de la casa, gracias al ventanal que la separaba del jardín y a su estantería blanca que aprovechaba todo fulgor para reflejarlo.

Kwame y Jason compartían un dulce beso en el momento preciso en que Irene entró en el recinto. Jason lanzó un vistazo rápido en su dirección antes de apartar sus labios de los de Kwame; Irene no pudo evitar sentirse enternecida por la cohibición del muchacho aún a escasos días de su boda. Le dirigió una pícara sonrisa a Kwame, quien respondió revelando las dos hileras de perlas blancas que le iluminaban el rostro de aquella forma tan suya; una sonrisa que podía contagiar de alegría a cualquiera.

- ¡El desayuno está servido!

Afirmó su amigo, al tiempo que se dirigía al desayunador y jalaba una silla para Irene. La joven se sentó de inmediato y admiró el platillo que yacía en la mesa frente a ella: dos papas horneadas desbordantes de queso, garbanzos, semillas de comino, cebolla frita, tomate picado y rematadas con hojas de cilantro sobre una cama de salsa espesa de aspecto tentador.

- Jason...¡Esto se ve delicioso! – exclamó Irene, en inglés.

Jason no sabía más que unas cuántas frases en español que le había enseñado su prometido, por lo que las conversaciones entre los tres transcurrían en el idioma natal de los novios.

- Gracias. – respondió Jason con genuina timidez, aunque un destello de orgullo se le posó en ambos ojos. – Espero que te guste.

Degustaron su desayuno animosos, tan concentrados en la sinfonía de sabores que danzaba en sus paladares, que las pausas para hablar se hicieron escasas.

La mirada de Irene descansó en el rostro de Jason. La finura de sus facciones le daban un aire de inocencia que iba más allá de su actual juventud. Irene entendía perfectamente la atracción de Kwame hacia él.

Jason era de piel tostada —que la imaginación aseguraba sedosa al tacto—, y complexión menuda, pero atlética. Traía el cabello rapado, con rizos azabachados que apenas se asomaban para sombrearle la cabeza. La forma avellanada de sus ojos castaños estaba enmarcada por hileras de abundantes pestañas negras, y los labios de su boca invariablemente sugerían la fantasía de un beso a quien plantara la mirada en ellos.

Mas por mucho que fuera su atractivo físico, poco hacía justicia a la dulce persona que yacía bajo su superficie. Irene no era ajena a las tergiversaciones que el amor hacía de la percepción, pero había confirmado que hasta las más apasionadas alabanzas de Kwame eran acertadas. Los pocos días que llevaba en su compañía le habían bastado para quedar encantada de aquel hombre de quien tanto había escuchado hablar durante sus semanas en Costa Rica; días que ahora ocupaban un lugar en su memoria con la nebulosidad de un sueño.

Más de un año había transcurrido desde los acontecimientos en Tortuguero, pero en cuanto recibió invitación a la boda de Kwame, Irene había hecho a un lado todo en su vida para poder visitarlos. A insistencia de su amigo, había llegado varios días antes de la celebración, para poder pasar tiempo con él y su prometido.

La pareja la había recibido en su modesto pero encantador apartamento en el distrito de White City, a buena distancia de la Leiths School of Food & Wine[27], colegio donde Jason planeaba obtener su Diploma en Alimentos y Vino. Lo mucho que la vida podía cambiar en tan poco tiempo asombraba a Irene.

Después de haberle salvado la vida, y una vez que la tormenta se hubo disipado, Kwame había podido regresar a Bermudas, donde encontró a un Jason débil y magullado pero en rápida recuperación. Los padres del joven ya habían comenzado a tomar cartas en el asunto, haciendo todo lo posible para que la policía averiguara la identidad de sus victimarios.

En cuanto Jason recuperó algunas fuerzas, testificó en contra de los hermanos Jones —confirmando así, las sospechas de Kwame y Kwasiba—, dando comienzo a un juicio que habría resultado por demás tortuoso de no ser porque un anciano insomne, quien solía pernoctar en la colonia para fumar cigarrillos, afirmó haber visto a los jóvenes escasas cuadras antes del lugar de los hechos, alrededor de la hora confirmada por Jason y por el peritaje médico.

Los tres Jones, con una reputación de buscapleitos entre los vecinos, carentes de coartada alguna y con un testigo

---

[27] *Leiths School of Food & Wine* es una galardonada escuela de cocina del Reino Unido que ofrece diplomas de chef profesional de clase mundial.

en contra, no tuvieron más remedio que ser declarados culpables. La sentencia resultó insatisfactoria, no obstante, para Kwame, Jason y su familia: una fianza por cada uno de los criminales y una orden de libertad condicional bajo una serie de requisitos que incluían horas de trabajo comunitario, asistencia a un programa educativo sobre discriminación y sentencia a prisión solo en caso de cometer otra ofensa.

La corte había visto en la juventud de los acosadores la posibilidad de reformarse sin necesidad de encarcelamiento; pero Kwame y Jason no permanecerían en la isla para comprobarlo. Si de algo había servido la atroz agresión, era para abrir una puerta, otrora atrancada, en la consciencia de los padres del joven. Fue como si despertaran del trance de su negación al sonido de un hipnotista chasqueando los dedos.

Para sorpresa de Kwame, su regreso a Bermudas había sido bienvenido por ellos; celebrado, inclusive. Quizá, la posibilidad de perder a su hijo los había hecho enfrentar los mismos temores que sus expectativas habían disfrazado por años, invocando así, una nueva e inequívoca resolución en su amor parental.

Era en gran medida gracias a ellos, y a la incondicional familia de Kwame, que la pareja abandonó la isla y logró costear el comienzo de su vida en Londres —no sin algunas tribulaciones financieras. Gracias al esfuerzo en conjunto de todos ellos tendría lugar la celebración de su unión, ya que, insatisfechos con meramente ayudarles a superar el trago amargo de aquella experiencia abominable, también se habían volcado en gritar su apoyo a la pareja a los cuatro vientos.

Jason y Kwame habían admitido ante Irene que la nostalgia los invadía de vez en cuando con recuerdos bañados de sol y fragantes a sal; pero la fe que sus familiares tenían en su amor les daba calidez en los días sometidos a la obstinación pluvial y su frígido aliento.

Casi dieciocho meses después de lo sucedido, ambos abrazaban la vida que se extendía por delante. Jason trabajaba con ahínco en su sueño de convertirse en chef, Kwame continuaba creciendo el negocio de su familia vía Internet, y ambos seguían luchando por la igualdad de derechos en Bermudas, con la esperanza de que, sin importar lo que les deparara a ellos, el futuro de sus compatriotas fuera más brillante.

- Entonces...¿Vas a contarme la historia? – la voz vivaz de Jason devolvió a Irene al presente. – He estado esperando con ansías a que pudiéramos tener tiempo. – afirmó, haciendo alusión a los días previos de agendas apretadas en los que Irene se había rehusado a ahondar en el tema.

Irene echó un vistazo al reloj digital sobre la pantalla del horno de microondas. El joven siguió sus ojos; enseguida, contestó a su pregunta sin palabras,

- Aún faltan un par de horas antes de que vayamos al Jardín Botánico. – sus ojos brillaron con el candor de su entusiasmo.

La mujer lanzó una mirada fugaz hacia Kwame, quien tan solo le dirigió una sonrisa burlona; al parecer, Jason no iba a dejar pasar otro día sin que Irene le relatara los eventos extraordinarios que había vivido con Kwame y Antar en Tortuguero.

- ¿Por el principio? – preguntó la joven, en dirección de Kwame.

- Por el principio. – confirmó el hombre, al tiempo que asentía con la cabeza.

La fascinación se asomó, creciente, por los ojos de Jason, al tiempo que Irene compartía el relato de sus días en Costa Rica desde aquella tarde húmeda en que Antar llegara al pueblo de Tortuguero, hasta el momento en el que habían sido impactados por el rayo. Abismado en la narración, el joven imploró saber qué había sentido al ser atravesada por semejante descarga eléctrica.

- Es...Es una sensación como ninguna otra... - dijo, insegura de qué palabras usar para describir algo que, juraría, solo podía entenderse viviéndolo en carne propia. Remembró el momento en su cabeza, en un intento por complacer a Jason. -

...Es un dolor tan punzante, tan extendido en todo el cuerpo, y de una forma tan intensa que parece irreal; como si la mente fuera incapaz de procesarlo de golpe. Sientes como si todo tu ser fuera atravesado por un millón de agujas incandescentes...

El recuerdo la estremeció. Sintió como si los dedos de las manos le cosquillearan. Desde aquel día, todo era distinto. Era como si el impacto hubiera hecho que le nacieran nuevas terminaciones nerviosas, receptoras de sensaciones que jamás imaginó sentir. Le advertían de tormentas que aún no se veían venir en el cielo. Se le crispaban sin aviso; atentas a fuerzas invisibles y desconcertantes.

- ¿Y qué pasó después? – preguntó Jason, mientras Kwame terminaba de remover los platos sucios de la mesa y ponía agua a calentar para hacer té.
- ¿Después? ¡Después desperté en un hospital en San José! – afirmó entre risas.

Posó un par de ojos agradecidos en Kwame durante un instante, que el hombre respondió con una mirada cómplice y una sutil sonrisa.

- ¿En serio? ¿No sentiste nada más? ¿No tuviste una de esas "experiencias cercanas a la muerte"?

La genuina curiosidad y entusiasmo de Jason enternecieron a Irene. Pero lo cierto era que no recordaba casi nada. Negó con la cabeza,

- Solo imágenes y sonidos inconexos: ráfagas de colores...Un mar oscuro donde flotan figuras brillantes...Luminiscentes... – frunció el ceño ante la peculiar memoria. – La voz de Antar en mi cabeza...

- *Wow...*

Su intento por imaginar todo lo que salía de boca de Irene pareció arrebatarle la palabra a Jason por unos minutos, en los que el sonido de Kwame vertiendo agua caliente en sus tazas se volvió protagonista.

- ¿Qué hay de Antar? – preguntó, de pronto, emergiendo de su estupor.

- ¿Qué con él? – reviró ella, recibiendo una mirada reprobatoria por parte de Kwame.

Irene dejó escapar un suspiro a regañadientes. Una vorágine de recuerdos fugaces invadió su cabeza: Antar en la cama contigua del hospital, al otro lado de una cortina; sus pies asomándose por el borde cada vez que la enfermera en turno la recorría sin querer. El rostro angustiado del hombre, envejecido una década, mirándola desde una silla a un lado de su cama. La mirada perdida de sus ojos negros, como si estuviera en otro lado, lejos de ahí pero, a la vez, en algún lugar recóndito del alma de Irene; uno que ni ella misma conocía...

- Antar y yo pasamos un tiempo juntos en el hospital. Pero fue como si el rayo lo hubiera quebrado por dentro. Estuvo callado la mayoría del tiempo. Las pocas palabras que me compartió me dejaron ver que se sentía culpable por lo que había pasado. Hasta parecía que evitaba acercarse a mí; solo me miraba por largo rato, como con...Miedo. A veces, tristeza. Ni siquiera quiso tocarme cuando nos dimos cuenta de las cicatrices...
- ¿Las cicatrices?

Irene vaciló un momento. Aprovechó su dubitación para dar un sorbo del té preparado por Kwame y buscar su mirada, en busca de algo, no sabía qué. Los ojos de Kwame se le habían adelantado; yacían plantados en los suyos, esperándolos con infinita comprensión. Tal vez, comprensión era justo lo que había pretendido encontrar; lo que necesitaba. Encontró en ellos la fuerza para seguir.

Estiró su mano derecha hacia Jason y se remangó el suéter para revelar la parte interior de su antebrazo. La visión dejó al joven sin aliento. Sobre la piel morena de Irene, en esa parte delicada que se extendía desde la muñeca hasta el codo, yacía dibujada una intrincada cicatriz arborescente.

- *Chingas!* – exclamó Jason. – Esto...¿No es un tatuaje?
- *Nope.* – afirmó la mujer, conteniendo una risotada.

La fineza de sus líneas, que describían numerosas ramificaciones similares a las de un helecho azul, bien habría podido parecer la obra de un maestro tatuador a ojos desprevenidos.

- Se conocen como figuras de Lichtenberg. – dijo Irene, sonriendo a medias; todos los ojos puestos en aquella marca iterativa, grabada sobre su piel. – Se supone que se desvanecen al poco tiempo de la descarga eléctrica, pero en mi caso solo se ha ido atenuando. *Flores de rayo*, les llaman también... – añadió, casi en un suspiro.

El silencio espesó en el ambiente. Hasta el viento otoñal, al otro lado del ventanal, parecía haber contenido su aliento. Cuando Irene levantó finalmente la mirada, tuvo que refrenarse de carcajear ante las expresiones de

Kwame y Jason; el último miraba la cicatriz con asombro inamovible en los ojos y su propia mano cubriéndole la boca.

- En fin. Tal vez la mía será permanente; hay casos así.
- ¿Qué? No. Espera. ¿Qué quieres decir con "la tuya"? – inquirió Jason; pero Irene sospechó que solo quería confirmar lo que ya imaginaba.
- Antar tiene una cicatriz también. – contestó Kwame por ella. – ¡En el antebrazo derecho!

El hombre se propinó cuatro sólidas palmadas a sí mismo en el antebrazo, enfatizando cada una de sus palabras.

- *Mercy!*[28] – clamó Jason, al tiempo que negaba con la cabeza.

Irene se encogió de hombros, en un intento mediocre por restarle importancia al asunto. El recuerdo de los ojos de Antar, mojados de lágrimas sin derramar en el momento preciso en que descubrieron las cicatrices, atacó su memoria con vivacidad insufrible.

- El rayo cayó justo cuando Antar me sujetó de la mano. – remembró Irene, casi en un susurro. – Supongo que eso explica nuestras cicatrices.

---

[28] Piedad, en inglés, que en las Islas Bermudas se utiliza como una interjección que denota asombro o estupefacción.

- *Girl!...* – Jason lucía perplejo. – ¡Tienen cicatrices que hacen juego! ¿Qué más señales del destino necesitan para saber que deben estar juntos? ¡Dime que esta historia tiene un final feliz!

¡Qué no habría dado Irene por responderle que sí! Pero era imposible. La mujer sintió el ardor de las lágrimas que amenazaban con llenarle los ojos.

- Digamos que el final es...Agridulce. – afirmó con la mirada gacha. Debía evadir los ojos consternados de Jason, así como la expresión compasiva de Kwame; de lo contrario, sucumbiría ante el inminente llanto. – Cuando finalmente hablamos de lo sucedido, Antar me dio la razón. Dijo que había querido forzar algo entre los dos y nos había puesto en peligro mortal a ambos en el proceso.

Irene sintió cómo la garganta se le constreñía con el peso de su impotencia. Para cuando volvió a hablar, dos torrentes salinos cayeron surcándole las mejillas.

- Lo cual es irónico porque fui yo la culpable de que nos cayera un maldito rayo. – logró mantener moderado el volumen de su voz, pero le fue imposible disimular el matiz de su angustia. – Pero él estaba decidido.
- ¿Y tú? ¿Tú cambiaste de opinión?

La pregunta la tomó tanto por sorpresa, que sus ojos se levantaron sin que pudiera evitarlo.

- Yo...No sé. Despertar en una cama de hospital a su lado...Cambió todo. ¡Fui tan necia en la cabaña! Pero siento que es él quien tenía razón; que mi reacción no fue más que un intento de sabotaje ante la posibilidad de una relación porque no tengo idea de cómo ser feliz.

El cuerpo de Irene se sacudió con la intensidad de sus sollozos, pero antes de que sintiera que sería incapaz de seguir, Kwame la tenía rodeada con sus brazos.

- El punto es que no dije nada. Me tragué mi arrepentimiento, y dejé que él decidiera por ambos. Antar dijo que tomaría su tiempo para encontrarse y que, tal como *yo* le había asegurado, si nuestro destino era estar juntos, la oportunidad se presentaría de nuevo.

Irene tragó saliva, y con ella, el sabor amargo de sus lágrimas. Dejó su espalda descansar sobre el torso de Kwame que la envolvía. El semblante triste de Jason le hizo una nueva grieta en el corazón.

- Perdón, - pidió, al tiempo que se secaba las lágrimas con los puños del suéter. – Me invitaron a que compartiera un momento inmensamente feliz y aquí estoy, arruinándoles el día con mis problemas amorosos.

De repente, Jason tomó su mano entre las suyas.

- No digas eso. Yo quise que me contaras la historia, y ¿qué clase de amigos seríamos si solo estuviéramos en los momentos de alegría?

Irene sintió que su corazón se envolvía de calidez al escuchar que el chico también se consideraba su amigo.

- Jason tiene razón. — afirmó Kwame, mientras la reconfortaba frotándole los hombros. — Además, tienes muchas razones para estar contenta. Irene está viviendo en un lugar precioso ahora, — exclamó en dirección de Jason. — En una isla llamada Holbox. ¿Lo pronuncié bien?

- A la perfección. — aseguró Irene con una sonrisa. Comenzó a sentir que la pesadumbre la abandonaba. — Es una pequeña isla entre el Golfo de México y el Mar Caribe. Creo que te gustaría mucho Jason. Espero puedan visitarme algún día.

- ¡Seguro que sí! — respondió el joven, entusiasmado.

- Irene sigue ayudando a preservar las tortugas marinas, además de muchas otras especies. — añadió Kwame, sin detener sus mimos.

La joven asintió con la cabeza. Dejó que se le dibujara una débil pero genuina sonrisa en el rostro. Kwame estaba en lo cierto: su vida actual estaba repleta de aguas aturquesadas, amistades interesantes y criaturas hermosas.

- Temo hacer la pregunta, especialmente porque tus ojos están recuperando su brillo, pero muero de curiosidad... − dijo Jason con vacilación en la voz pero un fulgor vibrante en los ojos.

- La curiosidad mató al gato. − le advirtió Kwame, dirigiéndole una mirada severa.

- Está bien, - aseguró Irene. − Adelante, pregunta lo que quieras.

- ¿Has sabido algo de Antar?

Irene soltó una risilla al ver la expresión regañona de Kwame, quien negaba con la cabeza sin apartar de Jason un par de ojos desaforados.

- De hecho, sí. − respondió ella, arrebatándole un resoplido de sorpresa a Jason. − Finalmente publicó el libro de poesía que quería escribir. Es...Brillante. Cada poema es una apoteosis de la vida cotidiana. Es lo mejor que ha escrito hasta ahora. Y su libro menos vendido.

La mueca en el rostro de la mujer se tornó agria. Rezó en silencio su deseo diario de que las bajas ventas no lo disuadieran de continuar por el magnífico camino que su arte había tomado. A pesar de que compartir la historia con Jason le había servido para ventilar emociones que llevaban demasiado tiempo contenidas, Irene decidió reservarse el hecho de que cargaba con un ejemplar del nuevo libro a todas partes.

Omitió que entre sus páginas descansaba la fotografía de un sonriente Antar, posando junto a una tortuga baula; ambos bañados en lo que era – con toda probabilidad– la luz de un sol naciente. Al parecer, Antar había regresado a Tortuguero un año después para encontrarse, al fin, con una tortuga viva. Irene tampoco reveló que había conseguido la foto hurgando en sus redes sociales, ni que la impresión servía para separar la página de un poema titulado *Flores de Rayo*, el cual no hacía el menor intento por disimular que trataba sobre Antar e Irene.

Había varias cosas que aún no se atrevía a decir en voz alta, y esas algunas de ellas.

- Estoy seguro de que se volverán a encontrar. – exclamó Jason, de pronto.
- Yo también lo estoy. – afirmó Irene, arrepintiéndose al instante de lo que su convicción pudiera revelar.

La sonrisa empática de Jason le aseguró que el joven nada había inferido al respecto; pero cuando miró a

Kwame se encontró con un ceño fruncido y dos ojos grises que la escudriñaban con evidente sospecha. Si acaso adivinó lo que sucedía bajo la superficie del mar que contenía sus emociones, Irene no lo supo. Su amigo guardó respetuoso silencio, al tiempo que esbozaba una sonrisa cómplice.

El momento acordado de ir al Jardín Botánico llegó, y Kwame, Jason e Irene se enlistaron para salir al fresco aire otoñal. Desde que Irene supo que Jason había convencido a Kwame de casarse en un hermoso predio junto a un lago en el área de Oxfordshire —lo más parecido a su otrora boda soñada en la playa bermudeña—, se sintió emocionada por la idea de visitar el Jardín Botánico de Oxford; el más antiguo en Gran Bretaña, hogar de más de cinco mil taxones[29] distintos.

Decidieron ir a pie, con la confianza puesta en la bóveda celeste libre de nubes que cubría la ciudad. Tomaron una estrecha vereda que bordeaba el Oxford Canal; un arroyo de aguas calmas pobladas por patos, gansos y cisnes. Caminaron a un lado de los sauces de espléndido verdor, los encinos con sus hojas entintadas por la estación y demás árboles caducifolios que conformaban un mosaico caprichoso de esmeraldas, ocres y escarlatas.

---

[29] Cada una de las subdivisiones de la clasificación biológica, desde la especie hasta el tipo de organización.

Admiraron los jardines traseros de las casas en el extremo opuesto del canal, enfiladas a orilla de las aguas, y los amarraderos que afianzaban largos botes de gran colorido. Dieron los buenos días a los paseantes solitarios, las parejas enamoradas y los abuelos que redescubrían el encanto del paisaje silvestre a través de los ojos de sus nietos. Cruzaron túneles y puentes hasta llegar al Centro de la Ciudad, donde se hallaba el Jardín Botánico.

Irene fue inmediatamente cautivada por el lugar. Se perdió en la contemplación de los enormes lirios que habitaban los estantes, las magnolias destacándose de entre el follaje, los ensoñadores jacintos y los euforbios con su belleza etérea. Entre más se dejaba envolver por la magia de aquellos jardines amurallados que parecían el traspatio de un castillo ancestral, de igual forma se perdían Kwame y Jason, más y más, uno en el otro.

Sensible a la chispa romántica entre los jóvenes, Irene les propuso un paseo en bote. El rostro de Jason se iluminó con la idea, pero antes de que pudieran encaminarse, la joven les sugirió que hicieran el viaje solos. Kwame estuvo a punto de objetar, pero un guiño por parte de Irene le hizo morderse la lengua. Se alejó a regañadientes, pero esbozando una contagiosa sonrisa replicada por Jason, quien lo acompañó con pasos animosos.

En la opinión de Irene, ninguna pareja de enamorados podía darse el lujo de desperdiciar la belleza natural del lugar para dar rienda suelta a sus sentimientos más melosos. Aprovechó la soledad para pasearse por los senderos custodiados por miríadas de arbustos que mecían sus melenas colmadas de flores al son del viento. Llegó hasta una amplia fuente circular en la que vivían apacibles lirios.

Tomó asiento en una de las bancas de madera que la rodeaban. Dejó que la brisa le golpeara el rostro con el borboteo que emanaba de la boca de la fuente. Cerro los ojos y se rindió al hechizo faunesco de aquel edén.

El mundo estaba en calma. La luz del Sol le abrazó el espíritu, como si quisiera infundirla del calor que antecedía su llegada. De pronto, lo sintió: un fulgor a ciegas que enardecía el núcleo de su ser. Quiso saborear la sensación de verlo sin la certeza de los ojos. La exquisita negación a sus sentidos; la posibilidad de desesperanza que solo engrandecería el gozo de su encuentro.

Irene abrió los ojos. Al otro lado de la fuente, yacía la imponente silueta del hombre coronada por un halo de mechones negros. Los estanques insondables de sus ojos la miraban, reflejando la misma sorpresa entremezclada de júbilo que la desbordaba a ella.

- Antar. – susurró Irene.

FIN

Agradecimientos

Estoy aprendiendo que cada libro es un viaje para su autor; una aventura inigualable. Así como no hay dos viajes idénticos (incluso si comparten un mismo destino), el proceso que se vive en la creación de cada novela es completamente único.

Fractales en la Arena nació tanto de un deseo irrefrenable como de una crisis personal. El deseo era volcarme enteramente a repasar, destilar y finalmente manifestar diálogos internos que llevaban años cohabitando las profundidades de mi mente, sin que yo me atreviera a compartirlos en la palabra escrita, quizá por un temor latente a que fueran irrelevantes.

Fue, en gran medida, gracias a un par de amigos, Óscar y Estephany (Emakaro), que me di oportunidad de proveerles luz y agua para que germinaran hasta brotar en forma de libro. El primero me recordó que ser escritora conlleva responsabilidad. No se debe escribir solamente para una misma; también es crucial entregar algo de valor a los lectores, ya sean contados con los dedos de la mano o se trate de millones. La segunda me recordó que el componente esencial que infunde a las palabras de ese valor es precisamente aquello que hace bullir la sangre; lo que arrebata las emociones más abismales del alma. Les estaré siempre agradecida por ello.

La otra motivación, mi crisis personal, se debió a las dificultades innegables de ser una escritora de tiempo completo en México. Más que ahondar en ellas —en un ejercicio superfluo y quejicoso—, prefiero reconocerlas como motores que me han impulsado a aprovechar y agradecer cada precioso momento que puedo dedicar a la escritura. Le doy las gracias a Daniel, por el apoyo brindado durante todo este año que he dedicado a la creación de *Fractales en la Arena*. Sin él, esta novela habría visto la luz en algún momento, quizás; pero mucho, mucho tiempo después. Gracias por acompañarme en cada una de mis "rodadas" literarias. Gracias por haber sido mi compañero de vida durante tantos años; el que ha estado a mi lado en cada evento gozoso, en cada tribulación, en cada momento de calma y de arduo trabajo. Gracias, siempre.

El viaje de este libro implicó un gran trabajo, por lo que, estimado Lector, te aseguro que tienes entre tus manos, no solo un pedazo de mi alma, sino muchas horas de esfuerzo, planeación, investigación, revisión y persistencia —a pesar de uno que otro contratiempo insólito. Las palabras aquí plasmadas son el resultado de un empeño por mejorar de manera constante; son ecos, quizá modestos, del conocimiento de los maestros, colaboradores y editores de quienes he tenido oportunidad de aprender hasta donde las fuerzas y capacidades me han alcanzado. A ellos, mis gracias infinitas por siempre.

En un año, se intercalaron días de férrea determinación, alegría, flaqueza, sobrecogimiento, duda y demás matices cuya disparidad fue llevadera gracias a las personas que me dieron aliento a cada paso que daba. Aunque suelo trabajar en parcial reclusión, no pasé más de un día sin que mis adoradas ~~primas~~ hermanas Dulce y Angélica me dieran fuerza a través de su incondicional apoyo. Todos los días estuvieron conmigo, y aunque estoy segura de que ambas me dirían que no hay nada qué agradecer, lo hago, y mucho. A ellas dedico ésta, mi segunda novela publicada.

También doy gracias a mis amigos Miguel (mi *nakama*, por siempre) y Mónica (mi otra Alicia) por creer en mí; su apoyo constante en momentos de vacilación fue el faro que iluminó mi convicción. Por supuesto, también agradezco a todos los familiares y amigos que han estado atentos a este proceso, haciéndome saber que nunca estoy realmente sola. No importa si se trató de un meme que me hiciera reír en momentos de estrés, una plática de café, un abrazo o simplemente la pregunta, "¿cómo vas?", todos son regalos que me dieron la confianza de seguir adelante.

Para cerrar con broche de oro, debo agradecer a mi lectora beta –o lectora de prueba– súper estrella Estephania, quien me ayudó con su ojo de águila a revisar meticulosamente la trama, redacción, ortografía y estilo. Además, es una de mis lectoras favoritas, siempre entusiasta de compartirme sus impresiones y sentimientos al leer mis palabras, una entrañable amiga, alma gemela y, simplemente, la Fá de mi vida.

De todo corazón, les digo, GRACIAS.

Agradecimiento especial a Sea Turtle Conservancy

Cuando viajé al pueblo de Tortuguero, en Costa Rica, en el verano de 2017, quedé hechizada por las oscuras aguas de sus canales; por los ojos de sus criaturas salvajes que me miraban desde la libertad de sus escondrijos entre la maleza, en lo alto de las copas de los árboles, en las rocas pobladas de musgo, y desde la superficie de los arroyos. Supe, al instante, que sería la ubicación de alguna de mis historias.

Los meses transcurrieron. Conforme la historia comenzaba a formarse en mi cabeza, me fui convenciendo de que la Sea Turtle Conservancy era un elemento que se entrecruzaba de manera fundamental con la historia y la vida cotidiana del lugar.

Me vi ante dos opciones acordes a la historia que tenía en mente: podía hacer una mera alusión a la organización, inventando un nombre que le hiciera homenaje pero que la mantuviera como un elemento de ficción, o bien, podía incluirla directamente en la obra, tal como es. La primera era, sin duda, la más sencilla, ya que me permitía toda clase de libertades literarias.

La segunda me resultó, no obstante, la más atractiva. Si alguien, algún día, en algún lugar del mundo leyera mis palabras y sintiera curiosidad sobre el voluntariado que se realiza en Tortuguero, se encontraría con una asociación y personas reales a quienes dirigirse. Quizás, inclusive, podrían inspirarlo a compartir su valiosa labor.

Decidí, entonces, escribirles, sin grandes expectativas, aunque con una obstinada esperanza. Fue muy grata mi sorpresa al recibir pronta respuesta de David Godfrey, director ejecutivo de la Sea Turtle Conservancy, quien accedió a brindarme apoyo con los aspectos técnicos, históricos y filosóficos de la asociación, los cuales necesitaba tanto para aportar verosimilitud a la historia como para hacerle justicia al espíritu de la organización.

Me dirigió enseguida con el Dr. Roldán Valverde, director científico de la STC, quien amablemente se ofreció a resolver mis dudas. A lo largo del año, el Dr. Valverde sostuvo una reunión a distancia conmigo y recurrente correspondencia electrónica en la que me concedió parte de su valiosísimo tiempo para leer todas mis inquietudes y contestar a todas mis preguntas.

Sin su ayuda, este libro sería muy distinto. Carecería del corazón que es la Sea Turtle Conservancy para Tortuguero y para el Caribe. Espero, con toda mi alma, que mis palabras hayan hecho justicia a la labor de la asociación, una que me ha inspirado sobremanera y que espero siga inspirando a muchas personas más alrededor del planeta.

Estoy infinitamente agradecida con David Godfrey, Roldán A. Valverde y con la Sea Turtle Conservancy por permitirme describir un pedacito de lo que hacen, por facilitarme todos los recursos de investigación necesarios, y por la gentileza con la que siempre me trataron. No puedo olvidarme de darles también las gracias por su lucha incansable para estudiar y proteger a las tortugas, al medio ambiente, así como por darme esperanza en la bondad humana y en la posibilidad de que desarrollemos una relación armoniosa con la naturaleza.

Si estás interesado en conocer más acerca de la Sea Turtle Conservancy, te invito a que visites su sitio web: https://conserveturtles.org/

Made in the USA
Columbia, SC
30 July 2024

39463004R00159